Henry James

DAS GEHEIMNIS VON BLY

Henry James

DAS GEHEIMNIS VON BLY

The Turn of the Screw

Ins Deutsche übertragen von Ingrid Rein

Büchergilde Gutenberg

Die Geschichte hatte uns, die wir um das Kaminfeuer versammelt waren, in einigermaßen atemloser Spannung gehalten, doch abgesehen von der naheliegenden Feststellung, sie sei gruselig gewesen, ganz so, wie es sich für eine am Weihnachtsabend in einem alten Haus erzählte merkwürdige Geschichte geziemte, kann ich mich an keinen Kommentar erinnern, der geäußert worden wäre, bis jemand bemerkte, dies sei der einzige ihm bekannte Fall, in dem ein Kind Opfer einer solchen Heimsuchung geworden sei. Dabei handelte es sich, wie ich erwähnen darf, um eine Erscheinung just in einem solch alten Haus wie dem, das uns damals beherbergte – eine Erscheinung grauenvoller Art, die sich einen kleinen Jungen aussuchte, der mit seiner Mutter in einem Zimmer schlief und sie in seinem grenzenlosen Entsetzen weckte – sie weckte, nicht damit sie seine Angst zerstreute und ihn wieder in den Schlaf wiegte, sondern damit sie, noch ehe ihr das gelungen war, selbst dem Anblick ausgesetzt wurde, der ihn so bestürzt hatte. Es war diese Bemerkung, die Douglas – nicht sofort, sondern im Verlauf des Abends – eine Erwiderung entlockte, welche dann die denkwürdige Folge zeitigte, auf die ich die Aufmerksamkeit lenken möchte. Jemand aus unserem Kreis erzählte eine nicht sonderlich fesselnde Geschichte, der Douglas, wie ich merkte, gar nicht zuhörte. Darin sah ich ein Zeichen, daß er selbst etwas zum Besten zu geben hatte und daß wir nur zu warten brauchten. Tatsächlich mußten wir bis zum übernächsten Abend warten; aber noch am selben Abend, bevor wir auseinandergingen, deutete er an, was ihn beschäftigte.

»Ich räume – in Hinblick auf Griffins Geist oder was immer es war – durchaus ein, daß die Tatsache, daß er zunächst dem kleinen Jungen erschien, einem Kind in so zartem Alter, der Geschichte einen besonderen Reiz verleiht. Aber es ist nicht die erste mir bekannte Begebenheit dieser übersinnlichen Art, von der ein Kind betroffen ist. Und wenn schon das eine Kind die Spannung in die Höhe schraubt, was sagen Sie dann erst zu *zwei* Kindern ...?«

»Selbstverständlich sagen wir«, rief jemand, »daß zwei Kinder die Spannung doppelt erhöhen! Und außerdem, daß wir Ihre Geschichte hören wollen.«

Ich sehe Douglas noch vor mir; er war aufgestanden, hatte sich mit dem Rücken zum Kamin gestellt und blickte, die Hände in den Taschen, auf den Sprecher hinunter. »Niemand außer mir hat sie bisher gehört. Sie ist einfach zu entsetzlich.« Natürlich erhoben sich sofort mehrere Stimmen, die erklärten, daß gerade das die Sache äußerst interessant mache, worauf unser Freund mit souveräner Gelassenheit seinen Triumph vorbereitete, indem er seinen Blick über uns hinweggleiten ließ und fortfuhr: »Sie übertrifft alles. Nichts, aber auch rein gar nichts, was ich kenne, reicht an sie heran.«

»Weil sie gar so schaurig ist?« erinnere ich mich, gefragt zu haben.

Er schien sagen zu wollen, daß es so einfach nicht sei, schien wirklich nicht zu wissen, wie er sie charakterisieren sollte. Er fuhr sich mit der Hand über die Augen, verzog eine Sekunde lang das Gesicht zu einer zuckenden Grimasse. »Weil sie so grauen... so grauenvoll ist.«

»Ach wie köstlich!« rief eine der Frauen.

Douglas schenkte ihr keine Beachtung; er blickte mich an, allerdings so, als sehe er nicht *mich*, sondern das, wovon er sprach. »Weil sie durch und durch unheimlich, abstoßend, entsetzlich und erschütternd ist.«

»Nun, dann setzen Sie sich, und fangen Sie an zu erzählen«, forderte ich ihn auf.

Er drehte sich zum Feuer, trat mit dem Fuß nach einem Holzscheit und betrachtete es einen Augenblick. Dann wandte er sich wieder uns zu. »Das kann ich nicht. Ich muß dazu erst jemanden nach London schicken.« Dies wurde mit allgemeinem Aufstöhnen und großem Gemurre aufgenommen, worauf er in seiner gedankenverlorenen Art erklärte: »Die Geschichte ist niedergeschrieben. Sie liegt in einer verschlossenen Schublade – seit Jahren habe ich sie nicht herausgenommen. Ich könnte meinem Diener ein paar Zeilen schreiben und ihm den Schlüssel beilegen; er könnte das Päckchen herschicken, sowie er es gefunden hat.« Er schien sich mit diesem Vorschlag insbesondere an mich zu wenden – schien fast darum zu bitten, ich möge ihn darin bestärken, mit der Ausführung nicht zu zögern. Er hatte eine dicke Eisschicht durchbrochen, die über viele Winter hinweg entstanden war, hatte seine Gründe für sein langes Schweigen gehabt. Die anderen nahmen ihm den Aufschub übel, mich hingegen reizten gerade seine Skrupel. Ich beschwor ihn, gleich mit der ersten Post einen Brief abzuschicken und mit uns einen baldigen Termin für die Lesung zu verabreden; dann fragte ich ihn, ob er die betreffende Begebenheit selbst erlebt hätte. Seine Antwort kam prompt. »Nein, gottlob nicht!«

»Aber der Bericht, der stammt von Ihnen? Sie haben die Sache festgehalten?«

»Nur den Eindruck. Den halte ich *hier* fest« – er schlug sich an die Brust. »Ich bin ihn nie mehr losgeworden.«

»Dann ist Ihr Manuskript ...?«

»... in alter, ausgeblichener Tinte und in der schönsten Handschrift geschrieben.« Er stockte kurz. »In der einer Frau. Sie ist seit zwanzig Jahren tot. Sie übersandte mir die fraglichen Seiten, bevor sie starb.« Nun hörten ihm alle zu, und natürlich fand sich jemand, der eine stichelnde Bemerkung oder wenigstens eine zweideutige Anspielung machen mußte. Douglas überging die Anspielung ohne ein Lächeln, aber auch ohne jede Verärgerung. »Sie war eine äußerst bezaubernde Person, doch sie war zehn Jahre älter als ich. Sie war die Gouvernante meiner Schwester«, sagte er ruhig. »Sie war die liebenswürdigste Vertreterin ihres Standes, die ich je kennengelernt habe; sie wäre jeder gesellschaftlichen Stellung würdig gewesen. Doch das ist lange her, und diese Ereignisse fanden noch früher statt. Ich besuchte damals das Trinity College; als ich den zweiten Sommer nach Hause kam, traf ich sie dort an. Ich war in jenem Jahr oft zu Hause – es war ein herrliches Jahr; und in ihren freien Stunden unternahmen wir zuweilen Spaziergänge im Garten und führten Gespräche – Gespräche, in denen sie einen furchtbar klugen und netten Eindruck auf mich machte. Ja, ja, Sie brauchen gar nicht zu schmunzeln: Ich hatte sie ausnehmend gern, und bis auf den heutigen Tag stimmt mich der Gedanke froh, daß sie mich ebenfalls mochte. Andernfalls hätte sie mir ihre Geschichte nicht anvertraut. Sie hatte niemandem je davon erzählt. Nicht, daß sie das behauptet hätte; ich wußte ganz einfach, daß sie mit niemandem darüber gesprochen hatte. Ich war mir dessen sicher; ich konnte es sehen. Sie werden den Grund dafür mühelos erkennen, wenn Sie die Geschichte hören.«

»Weil die Sache gar so schrecklich war?«

Douglas hielt den Blick weiterhin auf mich gerichtet. »Sie werden es mühelos erkennen«, wiederholte er. »*Sie* ganz gewiß.«

Ich erwiderte seinen Blick. »Ich verstehe. Sie war verliebt.«

Er lachte zum ersten Mal. »Sie sind in der Tat scharfsinnig. Ja, sie war verliebt. Das heißt, sie war es *gewesen.* Das kam an den Tag – sie konnte ihre Geschichte nicht erzählen, ohne daß es an den Tag kam. Ich sah es, und sie sah, daß ich es sah; aber keiner von uns beiden sprach darüber. Ich erinnere mich an die Stunde und den Schauplatz – an den Winkel des Gartens, den Schatten der großen Buchen und den langen, heißen Sommernachmittag. Es war kein Ort, der einen schaudern ließ; aber ach ...!« Er trat vom Kamin zurück und ließ sich wieder in seinen Sessel fallen.

»Sie werden das Päckchen am Donnerstag vormittag erhalten?« fragte ich.

»Vermutlich erst mit der zweiten Post.«

»Nun dann, nach dem Abendessen ...«

»Sie werden alle hier sein?« Er blickte erneut in die Runde. »Reist denn niemand ab?« Fast klang es, als hoffe er darauf.

»Alle werden bleiben!«

»*Ich* bleibe – *ich* bleibe auch!« riefen die Damen, deren Abreise bereits festgelegt gewesen war. Mrs. Griffin indes äußerte das Bedürfnis nach etwas mehr Aufklärung. »In wen war sie denn verliebt?«

»Das wird die Geschichte enthüllen«, übernahm ich es zu antworten.

»Aber ich kann nicht auf die Geschichte warten!«

»Die Geschichte wird es *nicht* enthüllen«, sagte Douglas, »jedenfalls nicht platt und unverblümt.«

»Jammerschade. Das ist das einzige, was ich verstehe.«

»Wollen *Sie* es uns nicht verraten, Douglas?« fragte ein anderer.

Douglas sprang erneut auf. »Ja – morgen. Jetzt muß ich zu Bett. Gute Nacht.« Schnell ergriff er einen Kerzenleuchter und ließ uns ein wenig verwirrt zurück. An dem Ende der großen, eichengetäfelten Eingangshalle, an dem wir saßen, hörten wir seine Schritte auf der Treppe, woraufhin Mrs. Griffin erklärte: »Nun, ich weiß zwar nicht, in wen *sie* verliebt war, aber ich weiß, in wen *er* verliebt war.«

»Sie war zehn Jahre älter«, entgegnete ihr Gatte.

»*Raison de plus* – in *dem* Alter! Aber seine lange Verschwiegenheit, die finde ich wirklich nett.«

»Vierzig Jahre!« warf Griffin ein.

»Und nun endlich dieser Ausbruch.«

»Der Ausbruch«, erwiderte ich, »wird den Donnerstagabend zu einem außerordentlichen Ereignis machen.« Alle stimmten mir vorbehaltlos zu, so daß wir angesichts dieser Erwartung jegliches Interesse an allen anderen Dingen verloren. Die letzte Geschichte, obgleich unvollständig und bloßer Auftakt zu weiteren Fortsetzungen, war erzählt. Wir wünschten uns gegenseitig eine gute Nacht, »bewaffneten« uns, wie jemand sagte, mit Kerzenleuchtern und gingen zu Bett.

Am nächsten Tag erfuhr ich, daß mit der ersten Post ein Brief samt Schlüssel an Douglas' Londoner Wohnung abgegangen war; aber trotz – oder vielleicht gerade wegen – des allmählichen Durchsickerns dieser Nachricht ließen wir Douglas bis nach dem Abendessen weitgehend unbehelligt, ja bis zu jener Abendstunde, die wohl am ehesten der Art von Gemütsverfassung entspricht, an die sich unsere Hoffnungen knüpften. Dann aber wurde er so mitteilsam, wie wir es uns nur wünschen konnten, und nannte uns auch einen guten Grund dafür. Wieder lauschten wir ihm vor dem Kaminfeuer in der Halle, wo wir schon am Abend zuvor manch sanften Schauder erlebt hatten. Offenbar bedurfte die Geschichte, die vorzulesen er uns versprochen hatte, zum rechten Verständnis tatsächlich ein paar Worte der Einführung. Lassen Sie mich an dieser Stelle ein für allemal deutlich sagen, daß es eben diese Geschichte ist, die ich, nach einer erst viel später von mir angefertigten genauen Abschrift, im Folgenden erzählen werde. Der arme Douglas vertraute mir – als er seinen Tod herannahen sah – das Manuskript an, das ihn damals am dritten Tag erreichte und das er am Abend des vierten Tages am gleichen Ort mit ungeheurer Wirkung unserem verstummten kleinen Kreis vorzulesen begann. Die Damen, die im Begriff gewesen waren abzureisen, dann aber erklärt hatten, sie wollten bleiben, waren gottlob natürlich doch nicht geblieben: Sie waren aufgrund bereits getroffener Verabredungen abgereist, gepeinigt von rasender Neugier, wie sie bekannten, infolge der Andeutungen, mit denen Douglas uns bereits aufgewühlt hatte. Doch das machte die kleine Zuhörerschaft, die ihm schließlich lauschte, nur geschlossener und exklusiver, hielt sie dort vor dem Kamin in allgemeiner Spannung gefangen.

Die erste dieser Andeutungen machte darauf aufmerksam, daß die schriftliche Aufzeichnung der Geschichte erst zu einem Zeitpunkt einsetzt, da diese gewissermaßen bereits begonnen hatte. Es galt daher, vorab Kenntnis davon zu haben, daß Douglas' alte Freundin, die jüngste von mehreren Töchtern eines armen Landpfarrers, im Alter von zwanzig Jahren zwecks einer ersten Anstellung als Lehrerin mit bangem Zagen nach London gekommen war, um sich persönlich auf eine Annonce hin vorzustellen, die bereits zu einem kurzen Briefwechsel mit dem Inserenten geführt hatte. Dieser erwies sich, als sie sich in einem Haus in der Harley Street einfand, das ihr riesengroß und imposant vorkam – dieser künftige Arbeitgeber erwies sich als ein vornehmer Herr, ein Junggeselle in den besten Jahren, eine Erscheinung, wie sie einem aufgeregten, schüchternen Mädchen aus einem Pfarrhaus in Hampshire außer im Traum oder in einem alten Roman noch nie vor Augen gekommen war. Sein Typus war leicht zu bestimmen; er stirbt, glücklicherweise, nie aus. Er war gutaussehend, selbstbewußt und von gewinnendem Wesen, ungezwungen, lebenslustig und zuvorkommend. Zwangsläufig fand sie ihn galant und nobel, doch was sie noch mehr für ihn einnahm und ihr den Mut gab, den sie später bewies, war, daß er die ganze Sache als eine Gefälligkeit ihrerseits darstellte, als eine Verpflichtung, die er dankbar einginge. Sie stellte sich vor, er sei reich, aber auch schrecklich verschwenderisch – sah ihn im Abglanz höchster Eleganz, guten Aussehens, kostspieliger Gewohnheiten und charmanter Umgangsformen mit Frauen. In der Stadt bewohnte er ein großes Haus, das mit Reiseandenken und Jagdtrophäen angefüllt war; sie sollte sich jedoch unverzüglich zu seinem Landhaus, einem alten Familienbesitz in Essex, begeben.

Durch den Tod seiner Eltern in Indien war er zum Vormund eines kleinen Neffen und einer kleinen Nichte geworden, der Kinder seines jüngeren Bruders, der Soldat gewesen war und den er zwei Jahre zuvor verloren hatte. Diese Kinder, infolge der seltsamsten Schicksalsfügungen in seine Obhut gelangt, waren für einen Mann in seiner Lage – einen alleinstehenden Mann ohne entsprechende Erfahrung, ohne ein Quentchen Geduld – eine schwere Last. Das Ganze war bisher mit reichlich Sorgen und Mühe und zweifellos auch mit einer Reihe von Fehlern seinerseits verbunden gewesen, aber die armen Würmchen taten ihm unendlich leid, und er hatte getan, was er nur konnte; hatte sie vor allem in sein Landhaus geschickt, denn der geeignetste Aufenthaltsort für sie war natürlich das Land, hatte sie dort von Anfang an den besten Leuten anvertraut, die er hatte finden können, damit sie sich um sie kümmerten, hatte sich zu diesem Zweck sogar von seinen eigenen Dienstboten getrennt und fuhr selbst hin, wann immer es ihm möglich war, um nach den beiden zu sehen. Das Mißliche war, daß sie praktisch keine anderen Verwandten hatten und daß seine eigenen Angelegenheiten seine ganze Zeit in Anspruch nahmen. Er hatte ihnen Bly, ein gesundes und sicheres Zuhause, überlassen und an die Spitze ihres kleinen Haushalts – nur der Dienstboten, versteht sich – eine vortreffliche Person gestellt, eine gewisse Mrs. Grose; er war überzeugt, seine Besucherin würde sie, die früher Zofe bei seiner Mutter gewesen war, mögen. Jetzt wirkte sie als Haushälterin und vorübergehend auch als Aufsichtsperson des kleinen Mädchens, das sie, die selbst kinderlos war, zum Glück fest ins Herz geschlossen hatte. Es waren eine Menge Leute da, um zu helfen, aber natürlich sollte die junge Dame, die als Gouvernante hinkäme, die Oberaufsicht haben. In den Ferien müßte sie auch den kleinen Jungen betreuen, der seit diesem Trimester eine Internatsschule besuchte – auch wenn er dafür noch recht jung war, aber was sollte man sonst tun? – und der nun, da der Ferienbeginn unmittelbar bevorstand, von einem Tag auf den anderen zurückkehren würde. In der ersten Zeit sei eine junge Dame für die Kinder dagewesen, die jedoch unglücklicherweise von ihnen gegangen sei. Diese junge Dame – eine äußerst ehrbare Person – habe ihre Aufgabe ganz wunderbar erfüllt – bis zu ihrem Tod, dieser wahrhaft mißlichen Wendung, die dann keine andere Wahl ließ, als den kleinen Miles aufs Internat zu schicken. Seitdem habe Mrs. Grose in Hinblick auf Umgangsformen und dergleichen für Flora getan, was sie konnte; zum Haushalt gehörten außerdem eine Köchin, ein Stubenmädchen, eine Milchmagd, ein altes Pony, ein alter Pferdeknecht und ein alter Gärtner, allesamt ebenfalls höchst ehrbar.

So weit war Douglas mit seinen Ausführungen gekommen, als jemand eine Frage stellte. »Und woran ist die frühere Gouvernante gestorben? An lauter Ehrbarkeit?«

Die Antwort unseres Freundes kam umgehend. »Das wird sich zeigen. Ich will nicht vorgreifen.«

»Pardon – ich dachte, genau das täten Sie gerade.«

»Wäre ich an der Stelle ihrer Nachfolgerin gewesen«, meldete ich mich zu Wort, »hätte ich bestimmt erfahren wollen, ob die Aufgabe zwangsläufig ...«

»... mit Lebensgefahr verbunden sei?« führte Douglas meinen Gedanken zu Ende. »Das wollte sie auch erfahren, und sie erfuhr es. Sie werden morgen hören, was sie erfuhr. Zunächst einmal erschienen ihr die Aussichten natürlich etwas düster. Sie war jung, unerfahren, verunsichert: Der Posten verhieß ernstzunehmende Pflichten und wenig Geselligkeit, ja genaugenommen große Einsamkeit. Sie zögerte – nahm sich ein paar Tage Zeit, um abzuwägen und zu überlegen. Doch das gebotene Gehalt überstieg ihre bescheidenen Erwartungen bei weitem, und bei einem zweiten Gespräch ließ sie sich auf das Abenteuer ein und sagte zu.« Hier machte Douglas eine Pause, die ich nutzte, um stellvertretend für unsere kleine Gesellschaft einzuwerfen:

»Den Ausschlag gab natürlich die von dem galanten jungen Mann ausgehende Verführung. Ihr ist sie erlegen.«

Douglas stand auf und ging, wie schon am Abend zuvor, zum Feuer, trat mit dem Fuß gegen ein Holzscheit und blieb dann einen Augenblick lang mit dem Rücken zu uns stehen. »Sie hat ihn nur zweimal gesehen.«

»Gewiß, aber das ist gerade das Schöne an ihrer Leidenschaft.«

Daraufhin drehte sich Douglas, ein wenig zu meiner Überraschung, zu mir um. »Das war tatsächlich das Schöne daran. Es gab andere«, fuhr er fort, »die dieser Verführung nicht erlegen waren. Er schilderte ihr offen seine Schwierigkeiten – daß nämlich für mehrere Bewerberinnen die Bedingungen unannehmbar gewesen waren. Sie hatten aus irgendeinem Grund einfach Angst gehabt. Es klang undurchsichtig – es klang befremdlich, und dies vor allem seiner Hauptbedingung wegen.«

»Die da war ...?«

»Daß sie ihn niemals behelligen sollte – niemals und unter keinen Umständen: Sie sollte ihn weder um etwas bitten noch sich beklagen, noch sich wegen irgendeiner Sache schriftlich an ihn wenden, sondern sollte alle Probleme selbst lösen, alle Gelder von seinem Anwalt erhalten, die ganze Angelegenheit allein in die Hand nehmen und ihn in Ruhe lassen. Das versprach sie, und sie erwähnte mir gegenüber, daß sie sich schon belohnt gefühlt habe, als er, erleichtert und erfreut, einen Augenblick lang ihre Hand hielt, um ihr für ihr Opfer zu danken.«

»War das ihr ganzer Lohn?« fragte eine der Damen.

»Sie sah ihn nie wieder.«

»Oh!« sagte die Dame, was, da unser Freund uns gleich darauf wieder verließ, das einzige weitere Wort von Bedeutung zu dem Thema war, bis er, am nächsten Abend, in der Kaminecke im besten Sessel den verblaßten roten Deckel eines dünnen altmodischen Albums mit Goldschnitt aufschlug. Die ganze Sache nahm freilich mehrere Abende in Anspruch, doch bei der ersten Gelegenheit schon stellte die gleiche Dame abermals eine Frage. »Wie lautet der Titel Ihrer Geschichte?«

»Sie hat keinen.«

»Oh, *ich* wüßte einen!« sagte ich. Doch Douglas hatte, ohne mich zu beachten, schon zu lesen begonnen, mit schöner, klarer Stimme, als wolle er dem Ohr die Schönheit der Handschrift vermitteln.

I

In meiner Erinnerung erscheint mir der Anfang des Ganzen als eine Abfolge von Höhen und Tiefen, als ein ständiges Hin und Her zwischen begründetem und grundlosem Herzklopfen. Nachdem ich mich in London dazu durchgerungen hatte, seiner Bitte nachzukommen, hatte ich jedenfalls ein paar sehr schlimme Tage – ich fühlte den Stachel des Zweifels wieder in mir, ja ich war mir sicher, einen Fehler begangen zu haben. In dieser Gemütsverfassung verbrachte ich die langen Stunden in der dahinholpernden, schaukelnden Kutsche bis zu der Poststation, an der ich von einem Gefährt des Hauses abgeholt werden sollte. Dies sei, so sagte man mir, zu meiner Bequemlichkeit angeordnet worden, und tatsächlich fand ich, gegen Ende jenes Juninachmittages, einen für mich bereitstehenden geräumigen Einspänner vor. Die Fahrt zu dieser Stunde und an einem so schönen Tag durch eine Landschaft, deren sommerliche Lieblichkeit wie ein freundlicher Willkommensgruß auf mich wirkte, gab mir neuen Mut, der sich, als wir in die Allee einbogen, zu einem Höhenflug aufschwang und damit wohl nur bewies, wie tief er zuvor gesunken war. Wahrscheinlich hatte ich etwas so Trostloses vorzufinden erwartet – oder befürchtet –, daß der Anblick, der sich mir dann bot, eine wohltuende Überraschung war. Ich erinnere mich, daß die breite, klar gegliederte Fassade, die offenen Fenster, die frisch gewaschenen Vorhänge und die beiden Stubenmädchen, die herausschauten, einen äußerst erfreulichen Eindruck auf mich machten. Ich erinnere mich an den Rasen und die bunten Blumen, an das Knirschen der Räder auf dem Kies und die dicht aneinandergedrängten Baumwipfel, über denen am goldenen Himmel die Krähen kreisten und krächzten. Der Anblick war von einer Großartigkeit, die keinen Vergleich mit meinem eigenen bescheidenen Zuhause gestattete; sofort tauchte an der Tür eine adrette Person mit einem kleinen Mädchen an der Hand auf; die Frau machte vor mir einen so artigen Knicks, als wäre ich die Hausherrin oder eine vornehme Besucherin. Mir war in der Harley Street eine bescheidenere Vorstellung von dem Anwesen vermittelt worden, und als ich mich nun daran erinnerte, sah ich mich veranlaßt, den Besitzer für einen noch größeren Gentleman zu halten, war es doch naheliegend, daß das, was mich erwartete, seine Versprechungen übertreffen könnte.

Bis zum nächsten Tag hatte ich kein neuerliches Stimmungstief, da ich der Bekanntschaft mit dem jüngeren meiner Zöglinge ein Hochgefühl verdankte, das mich durch die folgenden Stunden trug. Das kleine Mädchen in Mrs. Grose' Begleitung nahm mich auf der Stelle für sich ein als ein Geschöpf, das viel zu bezaubernd war, um den Umgang mit ihm nicht als großes Glück zu erachten. Es war das hübscheste Kind, das ich je gesehen hatte, und ich fragte mich im nachhinein, warum mein Brotherr dies mir gegenüber nicht weiter erwähnt hatte. Ich schlief nur wenig in jener Nacht – ich war viel zu aufgeregt; auch das erstaunte mich, wie ich mich erinnere, es hielt an und ließ mich die Großzügigkeit, mit der ich behandelt wurde, nur noch stärker empfinden. Das große, imposante Zimmer, eines der besten im ganzen Haus, das stattliche Bett, das mir fast wie ein Prunkbett vorkam, die schweren, in sich gemusterten Vorhänge, die langen Spiegel, in denen ich mich, zum ersten Mal, von Kopf bis Fuß betrachten konnte, all diese Dinge schienen mir – wie der wundersame Liebreiz meines kleinen Schützlings – reiche Zugaben. Als eine solche Zugabe empfand ich es auch, daß ich mich, vom ersten Augenblick an, gut mit Mrs. Grose verstand, denn die Frage unseres Verhältnisses hatte mir unterwegs in der Kutsche doch einiges Kopfzerbrechen bereitet. Das einzige, was mich, von dieser frühen Warte aus, hätte erneut zurückschrecken lassen können, war freilich, daß sie so übermäßig froh schien, mich zu sehen. Binnen einer halben Stunde merkte ich, daß sie – die wackere, einfache, biedere, ehrliche, freundliche Frau – so froh war, daß sie sich augenfällig davor in acht nahm, es allzu deutlich zu zeigen. Selbst damals wunderte ich mich schon ein wenig darüber und fragte mich, warum sie es denn nicht zeigen wollte; bei genauerer Erwägung, mit etwas Argwohn, hätte mich das natürlich beunruhigen können.

Es war indes ein Trost, daß es in Verbindung mit etwas so Beseligendem, wie es die strahlende Erscheinung meines kleinen Mädchens war, nichts Beunruhigendes geben konnte, und vermutlich war es der Anblick dieser engelsgleichen Schönheit, der mehr als alles andere zu meiner Ruhelosigkeit beitrug, die mich, bis zum Morgen, mehrmals aufstehen und in meinem Zimmer umherwandern ließ, damit ich mir all das Erlebte und zu Erwartende vor Augen führte; vom offenen Fenster aus beobachtete ich das allmähliche Heraufdämmern eines Sommertages, ich betrachtete die übrigen Teile des Hauses, auf die ich einen Blick erhaschen konnte, und lauschte, während in der schwindenden Dunkelheit die ersten Vögel zu zwitschern begannen, auf die mögliche Wiederholung von ein, zwei weniger natürlichen Geräuschen, die ich nicht draußen, sondern im Haus zu hören geglaubt hatte. Einmal hatte ich mir eingebildet, schwach und weit entfernt, den Schrei eines Kindes zu erkennen; ein anderes Mal war ich hochgeschreckt, weil ich meinte, ich hätte im Flur, vor meiner Tür, leise Schritte vernommen. Doch diese flüchtigen Wahrnehmungen beeindruckten mich nicht so sehr, als daß ich sie nicht bald wieder vergessen hätte, und erst jetzt, im Licht oder, wie ich besser sagen sollte, im Schatten anderer, späterer Ereignisse, fallen sie mir wieder ein. Die kleine Flora zu behüten, zu unterrichten, zu »formen« würde mir ganz fraglos ein glückliches und sinnvolles Leben gewähren. Mrs. Grose und ich hatten vereinbart, daß ich die Kleine nach diesem ersten Tag selbstverständlich auch nachts in meiner Obhut haben solle, weshalb ihr weißes Bettchen bereits in meinem Zimmer aufgestellt worden war. Schließlich hatte ich ihre umfassende Betreuung übernommen, und nur weil wir darauf, daß ich ihr zwangsläufig fremd war, und auf ihre natürliche Scheu Rücksicht nehmen wollten, war sie dieses letzte Mal noch bei Mrs. Grose geblieben. Trotz dieser Scheu – das Kind selbst hatte sie, auf die erstaunlichste Weise der Welt, ganz offen und tapfer zugegeben, hatte es uns, ohne ein Anzeichen von Mißbehagen oder Befangenheit, vielmehr in der tiefen, heiteren Gelassenheit eines der heiligen Kinder Raffaels möglich gemacht, darüber zu sprechen, sie vorauszusetzen und uns auf sie einzustellen – trotz dieser Scheu war ich überzeugt, daß die Kleine mich bald mögen würde. Auch deswegen hatte ich Mrs. Grose bereits ins Herz geschlossen, weil ich sehen konnte, welche Freude ihr meine Bewunderung und mein Staunen bereitete, als ich beim Schein von vier hohen Kerzen mit meiner Schülerin beim Nachtmahl saß, die mich, ein Lätzchen um den Hals, aus ihrem Hochstuhl zwischen den Kerzen hindurch über Brot und Milch hinweg mit strahlendem Gesichtchen ansah. Natürlich gab es Dinge, über die wir uns in Floras Gegenwart nur durch vielsagende, stolze Blicke, mit dunklen, vagen Andeutungen verständigen konnten.

»Und der Junge – sieht er ihr ähnlich? Ist er auch ein derart bemerkenswertes Kind?«

Man sollte, darauf hatten wir uns bereits verständigt, einem Kind nicht allzusehr schmeicheln. »Ach, Miss, höchst bemerkenswert. Wenn Sie schon von der Kleinen hier so viel halten ...!« Sie stand mit einem Teller in der Hand da, strahlte unseren Schützling an, der seinerseits einmal die eine, einmal die andere mit sanften, himmlischen Augen anblickte, aus denen nichts sprach, was uns Einhalt geboten hätte.

»Ja, wenn ich das tue ...?«

»Dann werden Sie vom kleinen Gentleman geradezu hingerissen sein!«

»Nun, ich denke, das ist der Grund, weshalb ich gekommen bin – um mich hinreißen zu lassen. Allerdings fürchte ich«, fühlte ich mich, wie ich mich erinnere, befleißigt hinzuzufügen, »ich lasse mich recht leicht hinreißen. Ich war schon in London hingerissen!«

Ich sehe Mrs. Grose' Gesicht noch vor mir, mit dem sie die Eröffnung aufnahm. »In der Harley Street?«

»In der Harley Street.«

»Nun, Miss, da sind Sie nicht die erste – und Sie werden auch nicht die letzte sein.«

»Oh, ich behaupte nicht, die einzige zu sein«, vermochte ich lachend zu erwidern. »Mein anderer Zögling kommt also, wenn ich recht verstanden habe, morgen zurück?«

»Nein, nicht morgen – am Freitag, Miss. Er kommt wie Sie mit der Postkutsche, in der Obhut des Kondukteurs, und wird ebenfalls mit dem Einspänner abgeholt.«

Daraufhin wollte ich unverzüglich wissen, ob es denn nicht eine ebenso angebrachte wie freundliche und nette Geste wäre, wenn ich ihn bei Ankunft der Postkutsche mit seiner kleinen Schwester erwartete; ein Vorschlag, dem Mrs. Grose so von Herzen zustimmte, daß ich ihr Verhalten als eine Art ermutigendes Zeichen dafür nahm – es wurde gottlob nie widerlegt! –, daß wir in allen Fragen völlig einer Meinung sein würden. Oh, sie war froh, daß ich da war!

Was ich am nächsten Tag empfand, konnte man billigerweise wohl kaum als ein Umschlagen der frohgemuten Stimmung bezeichnen, die mich seit meiner Ankunft beflügelt hatte; es dürfte sich höchstens um eine leichte

Bedrücktheit gehandelt haben, hervorgerufen durch eine genauere Beurteilung der Tragweite meiner neuen Lebensumstände, zu der ich gelangte, während ich sie in Gedanken einkreiste, in Augenschein nahm und verinnerlichte. Sie hatten gleichsam ein Ausmaß und ein Gewicht angenommen, auf die ich nicht vorbereitet gewesen war und angesichts derer ich erneut ein wenig Angst, aber durchaus auch ein wenig Stolz empfand. Der reguläre Unterricht litt fraglos unter meinem Aufgewühltsein; ich überlegte mir, daß es meine vornehmste Pflicht sei, auf die denkbar behutsamste Weise der Kleinen ein Gefühl der Vertrautheit mit mir zu vermitteln. Ich verbrachte den Tag mit ihr draußen im Freien und regte zu ihrer großen Freude an, sie, und nur sie, solle mir das Anwesen zeigen. Sie zeigte es mir Schritt für Schritt, Zimmer für Zimmer, Geheimnis für Geheimnis, unter drolligem, reizendem kindlichem Geplauder und mit dem Ergebnis, daß wir binnen einer halben Stunde die besten Freunde wurden. So jung sie war, erstaunte sie mich während unseres kleinen Rundgangs unablässig durch ihr Selbstbewußtsein und ihre Beherztheit, durch ihr Verhalten in leeren Zimmern und dunklen Gängen, auf gewundenen Treppen, die mich zum Innehalten zwangen, und selbst oben auf einem alten, mit Pechnasen versehenen viereckigen Turm, auf dem mir schwindlig wurde; ihr morgendliches Gezwitscher, ihre Neigung, so viel mehr zu erzählen als zu fragen, wies mir weithin schallend den Weg. Ich habe Bly seit dem Tag, an dem ich es verließ, nicht mehr wiedergesehen, und ich wage zu behaupten, daß es heute meine inzwischen älteren und weiseren Augen weitaus weniger beeindrucken würde. Doch als meine kleine Führerin mit ihrem goldenen Haar und ihrem blauen Kleidchen vor mir um Ecken tanzte und Flure hinuntertrappelte, kam ich mir vor wie in ein von einer anmutigen Elfe bewohntes Märchenschloß versetzt, an einen Ort, der, um die kindliche Phantasie in seinen Bann zu ziehen, gleichsam all seine Farbe aus Geschichten-

und Märchenbüchern bezog. War es nicht einfach ein Märchenbuch, über dem ich eingenickt und ins Träumen geraten war? Nein, ich befand mich in einem großen, klobigen, altertümlichen, aber zweckmäßigen Haus, das, zur Hälfte leerstehend, zur Hälfte genutzt, Reste eines noch älteren Gebäudes in sich schloß und in dem wir, so schien mir, fast so verloren waren wie eine Handvoll Passagiere auf einem großen dahintreibenden Schiff. Und ich stand seltsamerweise am Ruder!

II

Dies wurde mir bewußt, als ich, zwei Tage später, mit Flora hinüberfuhr, um den kleinen Gentleman, wie Mrs. Grose sich ausdrückte, abzuholen, und zwar um so nachdrücklicher durch einen Zwischenfall, der sich am zweiten Abend ereignet und mich zutiefst verwirrt hatte. Der erste Tag war, wie ich schon sagte, im großen und ganzen ermutigend gewesen, doch noch ehe er zu Ende ging, sollte sich die Stimmung ändern. Der Postbeutel – er kam spät – enthielt an jenem Abend einen Brief für mich, der, in der Handschrift meines Brotherrn, indes nur aus ein paar Worten bestand und dem ein weiteres, an ihn selbst adressiertes Schreiben mit einem noch nicht erbrochenen Siegel beilag. »Beiliegende Mitteilung ist, wie ich sehe, vom Schuldirektor, und der Schuldirektor ist ein gräßlich langweiliger Bursche! Lesen Sie bitte, was er schreibt; kümmern Sie sich darum; aber hüten Sie sich, mir Bericht zu erstatten. Kein einziges Wort. Ich bin verreist!« Es kostete mich große Überwindung, das Siegel zu erbrechen – so große Überwindung, daß ich lange zögerte; ich nahm das ungeöffnete Schreiben mit hinauf in mein Zimmer und raffte mich erst unmittelbar vor dem Zubettgehen auf, einen Blick darauf zu werfen. Ich hätte damit besser bis zum Morgen warten sollen, denn es verursachte mir eine zweite schlaflose Nacht. Daß ich keinen Rat einholen durfte, stürzte mich in große Bedrängnis, die mir am nächsten Tag schließlich so zu schaffen machte, daß ich zuletzt beschloß, mich wenigstens Mrs. Grose anzuvertrauen.

»Was hat das zu bedeuten? Der Junge mußte die Schule verlassen.«

Sie warf mir einen Blick zu, den ich sehr wohl bemerkte; gleich darauf schien sie ihn, bemüht, unbeteiligt dreinzuschauen, zurücknehmen zu wollen. »Aber werden sie nicht alle …?«

»Nach Hause geschickt – freilich. Aber nur für die Ferien. Miles hingegen darf nie mehr zurück.«

Unter meinem aufmerksamen Blick errötete sie befangen. »Sie wollen ihn nicht mehr haben?«

»Sie lehnen es strikt ab.«

Bei diesen Worten sah sie mich erneut an, nachdem sie sich zuvor abgewandt hatte; ich bemerkte, daß ihre Augen sich mit Tränen füllten. »Was hat er denn getan?«

Ich dachte einen Moment nach, hielt es dann für das beste, ihr einfach das Schreiben zu reichen – was allerdings bloß dazu führte, daß sie, ohne es zu nehmen, die Hände hinter dem Rücken verbarg. Sie schüttelte betrübt den Kopf. »Damit kann ich nichts anfangen, Miss.«

Meine Vertraute konnte nicht lesen! Ich zuckte innerlich zusammen angesichts meiner Taktlosigkeit, die ich dadurch abzumildern versuchte, daß ich den Brief erneut öffnete, um ihn ihr vorzulesen; doch ich hielt zaudernd inne, faltete ihn wieder zusammen und steckte ihn in die Tasche. »Ist der Junge wirklich so ungezogen?«

Die Tränen standen ihr noch immer in den Augen. »Behaupten die Herren das?«

»Sie gehen nicht auf Einzelheiten ein. Sie äußern lediglich ihr Bedauern darüber, daß es unmöglich sei, ihn zu behalten. Das kann nur eines bedeuten.« Mrs. Grose hörte in stummer Erregung zu; sie verzichtete darauf zu fragen, was dieses »eine« sein könne, so daß ich, ermutigt durch ihre bloße Anwesenheit und um mir selbst die Sache mit einiger Klarheit vor Augen zu führen, unverzüglich fortfuhr: »Daß er nämlich eine Gefährdung für die anderen darstellt.«

Bei diesen Worten brauste sie plötzlich mit jenem unvermittelten Stimmungswechsel einfacher Leute auf: »Master Miles! – *er* eine Gefährdung?«

Die Frage wurde mit einem solchen Übermaß naiven Vertrauens geäußert, daß ich, obschon ich das Kind noch nicht gesehen hatte, sogleich die Abwegigkeit eines solchen Gedankens erkannte. Um meiner Freundin mein Einverständnis zu zeigen, fügte ich auf der Stelle höhnisch hinzu: »Für seine armen, kleinen, unschuldigen Kameraden.«

»Es wäre zu schrecklich«, rief Mrs. Grose, »würde jemand etwas so Ungeheuerliches behaupten! Er ist doch kaum zehn Jahre alt.«

»Ja, ja; es wäre unerhört.«

Sie war offensichtlich dankbar für ein solches Zugeständnis. »Sehen Sie sich ihn zuerst an, Miss. Und *dann* versuchen Sie, etwas Derartiges zu glauben!« Von da an wartete ich mit noch größerer Ungeduld darauf, den Jungen zu sehen; es war der Beginn einer Neugier, die sich während der nächsten Stunden beinahe bis zur Schmerzhaftigkeit steigern sollte. Mrs. Grose war sich, das konnte ich erkennen, dessen bewußt, was sie in mir ausgelöst hatte, und voller Zuversicht fuhr sie fort: »Genausogut könnten Sie das von dem kleinen Fräulein glauben. Gott segne es«, fügte sie gleich darauf hinzu, »sehen Sie es sich doch nur an!«

Ich drehte mich um und sah, daß Flora, die ich zehn Minuten zuvor mit einem Blatt weißen Papiers, einem Bleistift und einer Vorlage schöner »runder O« im Schulzimmer zurückgelassen hatte, sich gerade in der offenen Tür zeigte. Damit brachte sie auf ihre naiv anrührende Art eine außerordentliche Abneigung gegen unangenehme Aufgaben zum Ausdruck, wobei sie mich jedoch mit einem breiten kindlichen Strahlen ansah, das diese Abneigung als bloße Folge der Zuneigung auszugeben schien, die sie zu meiner Person gefaßt hatte und die es ihr als unumgänglich hatte erscheinen lassen, mir zu folgen. Es bedurfte nichts weiter als das, um mich das volle Gewicht von Mrs. Grose' Vergleich spüren zu lassen; ich schloß meine Schülerin in die Arme und überschüttete sie mit Küssen, in die sich ein reuevolles Schluchzen mischte.

Dessen ungeachtet lauerte ich den ganzen Tag über auf eine weitere Gelegenheit, um an meine Hausgenossin heranzutreten, vor allem, als ich, gegen Abend, zu glauben begann, sie wolle mir aus dem Weg gehen. Ich holte sie, wie ich mich erinnere, auf der Treppe ein; wir gingen zusammen hinunter, und unten angekommen, legte ich ihr eine Hand auf den Arm, um sie zurückzuhalten. »Ich verstehe das, was Sie mir heute mittag gesagt haben, als Versicherung, daß *Sie* ihn niemals ungezogen erlebt haben.«

Sie warf den Kopf in den Nacken; sie hatte inzwischen eindeutig, und sehr ehrlich, einen Standpunkt bezogen. »Ach, nie erlebt – das will ich *nicht* behaupten!«

Ich war erneut verwirrt. »Dann *haben* Sie ihn also erlebt ...?«

»O ja, Miss, gottlob!«

Nach kurzem Nachdenken begriff ich. »Sie meinen, ein Junge, der niemals ...?«

»Ist für *mich* kein richtiger Junge!«

Ich umklammerte sie fester. »Sie mögen es, wenn sie den Mut haben, auch einmal ungezogen zu sein?« Dann, ihrer Antwort zuvorkommend, stieß ich eifrig hervor: »Ich auch! Aber nicht, wenn es so weit geht, daß sie andere infizieren ...«

»Infizieren?« Mein hochtrabendes Wort brachte sie ihn Verlegenheit.

Ich erklärte es. »Verderben.«

Sie blickte erstaunt, als sie den Sinn meiner Worte begriff; doch er nötigte ihr nur ein merkwürdiges Lachen ab. »Haben Sie Angst, er könnte *Sie* verderben?« Sie stellte die Frage mit solch feinem, keckem Humor, daß ich für den Augenblick aus Furcht, mich lächerlich zu machen, mit einem – allerdings wohl etwas albernen – Lachen nachgab, das dem ihren Paroli bieten sollte.

Am nächsten Tag, als die Stunde für meine Ausfahrt näher rückte, paßte ich Mrs. Grose jedoch erneut ab. »Was war das eigentlich für eine Dame, die vor mir hier war?«

»Die letzte Gouvernante? Sie war auch jung und hübsch – fast so jung und fast so hübsch, Miss, wie Sie.«

»Ah, dann hoffe ich, daß ihre Jugend und ihre Schönheit ihr von Nutzen waren«, erinnere ich mich, erwidert zu haben. »Er scheint Wert darauf zu legen, daß wir jung und hübsch sind!«

»O ja, das *tat* er«, pflichtete Mrs. Grose mir bei, »das tat er bei allen!« Sie hatte kaum zu Ende gesprochen, da korrigierte sie sich. »Ich meine, das tut er – der gnädige Herr.«

Ich war verwirrt. »Von wem haben Sie denn zuerst gesprochen?«

Sie sah mich verwundert an, errötete aber. »Natürlich von *ihm.*«

»Vom gnädigen Herrn?«

»Von wem sonst?«

Es konnte eigentlich von niemandem sonst die Rede sein; dies schien so eindeutig, daß schon im nächsten Augenblick mein Eindruck, sie habe versehentlich mehr verraten, als sie eigentlich wollte, wie weggewischt war, und ich fragte nur, was ich wissen wollte. »Ist *ihr* an dem Jungen etwas aufgefallen ...?«

»... was nicht in Ordnung war? Sie hat mir gegenüber nie etwas erwähnt.«

Ich hatte Bedenken, schob sie jedoch beiseite. »War sie sorgfältig – aufmerksam?«

Mrs. Grose gab sich offenbar Mühe, gewissenhaft zu antworten. »In einigen Dingen – ja.«

»Aber nicht in allen?«

Wieder überlegte sie. »Nun, Miss, sie ist tot. Ich möchte keinen Klatsch verbreiten.«

»Ich verstehe Sie gut«, erwiderte ich rasch, doch gleich darauf schien es mir durchaus nicht in Widerspruch zu diesem Zugeständnis zu stehen, wenn ich mit meinen Fragen fortfuhr. »Starb sie hier?«

»Nein – sie ging fort.«

Ich weiß nicht, was genau an Mrs. Grose' Einsilbigkeit mich stutzig machte. »Ging fort, um zu sterben?« Mrs. Grose sah starren Blicks zum Fenster hinaus, aber ich dachte, ich hätte doch gewissermaßen ein Recht zu erfahren, was von jungen Leuten erwartet wurde, die man für Bly in Dienst nahm. »Sie ist erkrankt, meinen Sie, und kehrte nach Hause zurück?«

»Soweit man das sehen konnte, ist sie nicht erkrankt, zumindest nicht in diesem Haus. Sie verließ es zum Jahresende, um, wie sie sagte, auf einen kurzen Urlaub nach Hause zu fahren, worauf sie angesichts der Zeit, die sie hier tätig gewesen war, fraglos ein Anrecht hatte. Damals hatten wir eine junge Frau – ein Kindermädchen, das bei uns geblieben war, ein braves, kluges Mädchen –, und *sie* kümmerte sich in der Zwischenzeit um beide Kinder. Doch unsere junge Dame kam nicht wieder, und just zu dem Zeitpunkt, da ich sie zurückerwartete, erfuhr ich vom gnädigen Herrn, daß sie gestorben sei.«

Ich ließ mir das durch den Kopf gehen. »Aber woran?«

»Das hat er mir nie gesagt! Aber bitte, Miss«, schloß Mrs. Grose, »ich muß jetzt an meine Arbeit gehen.«

III

Daß sie mir dergestalt den Rücken kehrte, bedeutete, entgegen meiner berechtigten Befürchtung, keine brüske Zurückweisung, die einer Zunahme unserer gegenseitigen Wertschätzung hätte hinderlich sein können. Vielmehr fühlten wir, nachdem ich den kleinen Miles nach Hause gebracht hatte, eine noch engere Verbundenheit als zuvor, und zwar aufgrund meiner Bestürzung, meiner unbändigen Erregung: Damals zögerte ich nicht, es als absolut ungeheuerlich zu bezeichnen, daß ein Kind, wie ich es inzwischen kennengelernt hatte, mit einem Schulverbot belegt worden sein sollte. Ich war ein wenig verspätet am Ort seiner Ankunft eingetroffen, und als ich den Jungen vor der Tür des Wirtshauses, an dem die Postkutsche ihn abgesetzt hatte, sehnsüchtig nach mir Ausschau halten sah, da spürte ich sogleich, daß von ihm, innerlich wie äußerlich, die wunderbare unverbildete Natürlichkeit, der gleiche unverkennbare Duft süßer Unschuld ausging, wie ich sie von der ersten Sekunde an bei seiner kleinen Schwester wahrgenommen hatte. Er war unglaublich hübsch, und Mrs. Grose hatte völlig recht: In seiner Gegenwart hatte keine andere Regung außer einer geradezu leidenschaftlichen Zärtlichkeit für ihn Bestand. Wenn ich ihn damals an Ort und Stelle in mein Herz schloß, so lag dies an etwas Göttlichem, das ich bei keinem anderen Kind jemals in der gleichen Ausprägung gefunden habe – nämlich an seiner unbeschreiblichen, rührenden Art, so zu tun, als kenne er nichts auf der Welt außer Liebe. Man hätte einen schlechten Ruf nicht in größerer Sanftheit und Unschuld mit sich herumtragen können, und als ich mit dem Jungen nach Bly zurückkehrte, war ich nur noch verwirrt – das heißt, soweit ich nicht entrüstet war –, und ich fragte mich, was es mit dem schrecklichen Brief auf sich habe, der in meinem Zimmer in einer Schublade verschlossen lag. Sobald ich mit Mrs. Grose ein vertrauliches Wort wechseln konnte, erklärte ich, es sei einfach grotesk.

Sie verstand mich sofort. »Sie meinen die grausame Anschuldigung?«

»Sie läßt sich keine Sekunde aufrechterhalten. Sehen Sie ihn sich doch nur an, meine Liebe!«

Lächelnd sah sie mir nach, daß ich nun so tat, als hätte *ich* den Liebreiz des Jungen entdeckt. »Ich versichere Ihnen, Miss, ich tue nichts anderes! Was werden Sie denn sagen?« fügte sie unvermittelt hinzu.

»Als Antwort auf den Brief?« Ich war zu einem Entschluß gelangt. »Gar nichts.«

»Und zu seinem Onkel?«

Ich blieb dabei. »Gar nichts.«

»Und zu dem Jungen selbst?«

Ich war bewundernswert. »Gar nichts.«

Mrs. Grose wischte sich sorgfältig den Mund mit der Schürze ab. »Dann werde ich Ihnen beistehen. Wir werden die Sache durchfechten.«

»Wir werden sie durchfechten!« wiederholte ich inbrünstig und gab ihr feierlich die Hand darauf.

Sie behielt meine Hand einen Augenblick in der ihren, dann führte sie mit der freien Hand ihre Schürze erneut an den Mund. »Hätten Sie etwas dagegen, Miss, wenn ich mir die Freiheit herausnähme …«

»… mir einen Kuß zu geben? Nein!« Ich schloß die gute Frau in die Arme, und nachdem wir uns schwesterlich umarmt hatten, fühlte ich mich noch mehr bestärkt in meinem Entschluß und in meiner Empörung.

Das galt jedenfalls für die erste Zeit: eine Zeit, so ereignisreich, daß ich, wenn ich mir jetzt ihren Lauf ins Gedächtnis rufe, all meine Kunst aufwenden muß, um sie ein wenig überschaubarer zu machen. Worauf ich mit Verwunderung zurückblicke, ist die Situation, auf die ich mich damals eingelassen habe. Zusammen mit meiner Gefährtin hatte ich mir vorgenommen, die Sache durchzufechten, und offenbar stand ich unter einem Zauberbann, der mich über das Ausmaß wie die weitreichenden und vielfältigen Schwierigkeiten eines solchen Unterfangens hinwegzutäuschen vermochte. Ich wurde von einer mächtigen Woge aus Verblendung und Mitgefühl emporgehoben. In meiner Unwissenheit, meiner Verwirrung und vielleicht auch in meiner Eitelkeit ließ ich mich zu der Annahme verleiten, ich wäre einem Jungen gewachsen, dessen Erziehung für das Leben gerade erst begann. Ich vermag mich heute nicht einmal mehr zu erinnern, welche Überlegungen ich damals im Hinblick auf das Ende seiner Ferien und die Wiederaufnahme seines Schulbesuchs anstellte. Daß er, während jenes zauberhaften Sommers, von mir Unterricht erhalten sollte, darüber waren wir uns alle einig; doch heute scheint mir, daß wochenlang *ich* diejenige war, die Unterricht erhielt. Ich lernte etwas – zumindest am Anfang –, das bisher nicht zu den Lehren meines stillen, zurückgezogenen Lebens gehört hatte; ich lernte, vergnügt und sogar vergnüglich zu sein und nicht an das Morgen zu denken. Gleichsam zum ersten Mal erfuhr ich Raum, Luft und Freiheit, die ganze Musik des Sommers und das ganze Mysterium der Natur. Und dann war da das Gefühl von Bedeutsamkeit – und dieses Gefühl war süß. Ach, es war eine Falle – keine vorsätzlich ausgelegte, aber eine heimtückische Falle – für meine Phantasie, meine Empfindsamkeit, vielleicht auch für meine Eitelkeit, für alles eben, was in mir am leichtesten erregbar war. Am besten läßt sich das Ganze mit der Feststellung beschreiben, ich sei nicht auf der Hut gewesen. Die beiden Kinder machten mir so wenig Mühe und Ärger – waren von einer so außergewöhnlichen Sanftmut. Ich begann Überlegungen darüber anzustellen – aber selbst das nur verschwommen und zusammenhangslos –, wie die rauhe Zukunft (denn jede Zukunft ist rauh!) mit ihnen umgehen und sie vielleicht verletzen würde. Sie waren mit Glück und Gesundheit gesegnet; und doch, als wären meine Schützlinge zwei kleine Granden gewesen, zwei Prinzen von Geblüt, für die, damit es seine Richtigkeit hatte, alles abgeschirmt, vorherbestimmt und geordnet sein mußte, war das Bild, das ich mir in meiner Vorstellung von ihrem weiteren Leben machte, das eines romantischen Gartens, eines Parks von wahrhaft königlicher Ausdehnung. Was dann plötzlich hereinbrach, mag freilich mehr als alles andere dazu beigetragen haben, der Zeit davor den Reiz friedlicher Stille zu verleihen – einer Ruhe, in der sich etwas zusammenbraut oder heranschleicht. Tatsächlich kam mir die Veränderung wie der völlig unerwartete Sprung eines wilden Tieres vor.

Während der ersten Wochen waren die Tage lang; oft, und das waren die schönsten Tage für mich, schenkten sie mir das, was ich meine eigene Stunde zu nennen pflegte, die Stunde nämlich, zu der ich, wenn für meine Zöglinge Abendbrot- und Schlafenszeit gekommen und vorübergegangen war, noch eine kleine Weile für mich alleine hatte, bevor ich mich schließlich zur Ruhe begab. So sehr ich meine Schützlinge auch mochte – diese Stunde war mir die liebste des ganzen Tages, und am allerliebsten war sie mir, wenn ich, während das Tageslicht allmählich schwand – oder, wie ich besser sagen sollte, der Tag noch zögernd verweilte und die letzten Rufe der letzten Vögel vor einem leuchtendroten Himmel von den alten Bäumen herab erklangen –, einen kurzen Spaziergang durch den Park machen konnte und, fast schon mit einem Anflug von Besitzerstolz, der mich belustigte und mir schmeichelte, die Schönheit und Würde des Ortes genoß. Es erfüllte mich in diesen Momenten mit Genugtuung, mich friedvoll und in meinem Tun bestätigt zu fühlen, vielleicht auch dem Gedanken nachzuhängen, daß ich durch meine Verschwiegenheit, meine stille Besonnenheit und mein insgesamt gebührliches Verhalten demjenigen Freude bereitete – wenn er denn jemals daran dachte! –, dessen Drängen ich nachgegeben hatte. Ich tat genau das, was er sich dringlich erhofft und ausdrücklich von mir verlangt hatte, und daß ich das, trotz allem, tatsächlich vermochte, gereichte mir zu noch größerer Freude als erwartet. Kurz, ich hielt mich damals für eine bemerkenswerte junge Frau und wiegte mich in dem tröstlichen Glauben, dies würden auch andere bald erkennen. Nun, ich mußte wohl auch bemerkenswert sein, um den bemerkenswerten Dingen die Stirn zu bieten, die sich schon wenig später ankündigen sollten.

Es geschah eines Abends, völlig unerwartet mitten in *meiner* Stunde: die Kinder lagen schon in ihren Betten, und ich war zu meinem Spaziergang aufgebrochen. Einer der Gedanken, der mir, wie ich mich heute nicht scheue zuzugeben, auf diesen Streifzügen immer wieder durch den Sinn ging, war der, daß es so zauberhaft wie ein Märchen wäre, plötzlich jemandem zu begegnen. Dort an der Wegbiegung würde jemand auftauchen, vor mich hintreten und anerkennend lächeln. Mehr verlangte ich nicht – mir war nur daran gelegen, daß er es *wußte*; und die einzige Möglichkeit, mich dessen zu versichern, bestünde darin, dieses Wissen und das davon bewirkte gütige Leuchten in seinem schönen Gesicht zu sehen. Just das hatte ich im Geiste vor Augen – womit ich das Gesicht meine –, als ich, bei der ersten dieser Gelegenheiten, am Ende eines langen Junitages, aus einer der Schonungen heraustrat und beim Anblick des Hauses abrupt innehielt. Was mich an Ort und Stelle erstarren ließ – von einem Entsetzen erfüllt, wie es noch kein Alptraum je in mir ausgelöst hatte –, war der Eindruck, meine Phantasien seien unversehens Wirklichkeit geworden. Dort stand er tatsächlich! Jenseits der Rasenfläche zwar und hoch droben, nämlich auf dem Turm, auf den die kleine Flora mich am ersten Morgen geführt hatte. Dieser war einer von zwei viereckigen, nicht zum übrigen Haus passenden, mit Zinnen versehenen Türmen, von denen einer aus irgendeinem Grund als der neue, der andere als der alte bezeichnet wurde, auch wenn ich selbst kaum einen Unterschied zwischen beiden zu erkennen vermochte. Sie erhoben sich zu beiden Seiten des Hauses und waren wohl eine architektonische Absurdität, freilich etwas abgemildert dadurch, daß sie nicht völlig frei standen und auch nicht von übertriebener Höhe waren; in ihrer überladenen Altertümlichkeit deuteten sie auf eine Epoche romantischer Rückbesinnung hin, die selbst mittlerweile ehrwürdige Vergangenheit war. Ich bewunderte sie, sie beschäftigten meine Phantasie, denn in gewissem Maße zogen sie jeden von uns in ihren Bann, vor allem wenn sie mit der Erhabenheit ihrer zinnenbewehrten Mauern in der Abenddämmerung drohend aufragten; doch die Gestalt, die ich in Gedanken so oft heraufbeschworen hatte, schien auf einer solchen Erhebung eher fehl am Platze.

Bei ihrem Anblick – beim Anblick dieser Gestalt im klaren Dämmerlicht – entfuhren mir, wie ich mich entsinne, zwei deutlich voneinander getrennte leise Aufschreie, die mein Erschrecken angesichts der ersten und dann der zweiten Überraschung kundtaten. Diese zweite Überraschung bestand in der schlagartigen Erkenntnis, daß mein erster Eindruck falsch gewesen war: Der Mann, der meinen Blick erwiderte, war nicht die Person, die ich voreilig vor mir zu sehen geglaubt hatte. Dies stürzte mich in eine Verwirrung, von der ich, nach all den Jahren, nicht hoffen kann, eine lebendige Vorstellung zu vermitteln. Ein fremder Mann an einem einsamen Ort ist für eine junge Frau, die wohlbehütet aufgewachsen ist, an sich schon ein Grund zur Angst; und die Gestalt, die mich ansah, war – ein paar weitere Sekunden gaben mir Gewißheit – weder jemand, den ich kannte, noch entsprach sie dem Bild, das ich im Geiste vor Augen gehabt hatte. Ich war ihr weder in der Harley Street noch woanders je begegnet. Zudem hatte sich der Park plötzlich und auf die allerbefremdlichste Art allein durch ihr Auftauchen in eine Einöde verwandelt. So wenigstens stellt sich mir, die ich mir für diese Schilderung die Ereignisse so bewußt wie nie zuvor ins Gedächtnis rufe, in der Erinnerung dar, was ich in jenem Augenblick empfand. Es war, als sei, während ich dastand und wahrnahm, was ich wahrnahm, alles um mich herum vom Tode befallen. Ich kann jetzt beim Schreiben erneut die tiefe Stille hören, in die die Geräusche des Abends mündeten. Die Krähen krächzten nicht mehr am goldenen Himmel, und die friedliche Stunde verlor eine unbeschreibliche Minute lang all ihre Stimmen. Das war indes die einzige Veränderung in der Natur, es sei denn freilich, man sähe eine Veränderung auch darin, daß mir alles in ungewöhnlicher Schärfe entgegentrat. Das Gold war noch am Himmel, die Klarheit in der Luft, und den Mann, der mich über die Zinnen hinweg anblickte, sah ich so deutlich vor mir wie ein Bild in einem Rahmen. In Windeseile rief ich mir jede Person in Erinnerung, die er hätte sein können und die er doch nicht war. Wir starrten uns über die Entfernung hinweg recht lange an, so daß ich genügend Zeit hatte, mich eingehend zu fragen, wer er denn sei, und infolge meines Unvermögens, eine Antwort zu geben, eine Verwunderung zu empfinden, die nach einigen Sekunden sogar noch wuchs.

Ich weiß, *die* oder zumindest *eine* große Frage, die man sich im Hinblick auf bestimmte Vorkommnisse im nachhinein stellt, ist die Frage nach deren Dauer. Nun, dieses mein Erlebnis, man denke darüber, wie man wolle, dauerte an, während mir ein Dutzend Möglichkeiten durch den Kopf ging, von denen, soweit ich erkennen konnte, keine zufriedenstellend erklärte, weshalb – und, vor allem, wie lange schon – sich eine Person im Haus aufhielt, von der ich nichts wußte. Es dauerte an, während ich an diesem Umstand gerade ein wenig Anstoß zu nehmen begann, waren doch eine solche Unkenntnis und eine solche Person mit meiner Stellung eigentlich nicht vereinbar. Es dauerte an, während dieser Besucher – den, wie ich mich erinnere, ein Hauch befremdlicher Ungezwungenheit umgab: daß er keinen Hut trug, schien auf eine gewisse

Vertrautheit mit seiner Umgebung hinzudeuten – mich von seinem Standort aus durch das schwindende Tageslicht hindurch ganz offensichtlich mit der gleichen Neugier, den gleichen prüfenden Blicken musterte, die seine eigene Anwesenheit bei mir hervorriefen. Wir waren zu weit voneinander entfernt, um uns etwas zurufen zu können, doch gab es einen Augenblick, da, bei geringerer Entfernung, ein kurzes, die Stille brechendes »Wer sind Sie?« die angemessene Folge unseres unausgesetzten gegenseitigen Anstarrens gewesen wäre. Der Mann stand in der vom Haus weiter entfernten Ecke des Turms, vollkommen aufrecht, wie mir auffiel, die Hände auf die Brüstung gestützt. So sah ich ihn vor mir, wie ich jetzt die Buchstaben vor mir sehe, mit denen ich diese Seite fülle; dann, gerade so, als wolle er dem Schauspiel zusätzliche Spannung verleihen, wechselte er langsam seinen Standort – begab sich, mich die ganze Zeit über fest im Blick behaltend, in die gegenüberliegende Ecke der Plattform. Ja, ich spürte ganz genau, daß er mich während dieses Platzwechsels keine Sekunde aus den Augen ließ, und ich sehe noch vor mir, wie sich, während er ging, seine Hand von einer Zinne zur nächsten bewegte. In der anderen Ecke blieb er stehen, allerdings weniger lang, und selbst als er sich zum Gehen wandte, starrte er mich noch herausfordernd an. Er entfernte sich; das war alles, was ich wußte.

IV

Nicht, daß ich damals nicht auf weitere Überraschungen gefaßt gewesen wäre, stand ich doch ebenso angewurzelt wie aufgewühlt da. Gab es auf Bly ein »Geheimnis« – ein Geheimnis wie das von Udolpho oder einen irren, in unvermuteter Gefangenschaft gehaltenen Verwandten, über den man nicht sprach? Ich vermag nicht zu sagen, wie lange ich darüber nachsann oder wie lange ich in einer Mischung von Neugier und Schrekken an der Stelle verharrte, an der es zu diesem seltsamen Aufeinandertreffen gekommen war; ich erinnere mich nur noch, daß die Dunkelheit bereits hereingebrochen war, als ich schließlich ins Haus zurückkehrte. In der Zwischenzeit hatte mich zweifellos meine Erregung fest im Griff gehabt und umgetrieben, denn beim ziellosen Umherstreifen im Park muß ich wohl an die drei Meilen gelaufen sein; doch sollte ich später noch weitaus Erschütternderes erleben, so daß dieser erste Schreck nur einem vergleichsweise milden Frösteln entsprach. Am eigenartigsten an der ganzen Sache – so eigenartig auch alles andere gewesen war – kam mir freilich vor, was sich mir dann beim Zusammentreffen mit Mrs. Grose aufdrängte. Dieser Eindruck läßt mich nicht los – immer wieder sehe ich das Bild vor mir, das sich mir bei meiner Rückkehr in der Halle eingeprägt hatte: den großen, mit weißen Paneelen getäfelten Raum, der mit seinen Porträts und seinem roten Teppich im Schein der Lampen erstrahlte, und den gütigen, erstaunten Blick meiner Freundin, der mir sogleich verriet, daß sie mich schon vermißt hatte. Als ich sie sah, war mir augenblicklich klar, daß sie, von aufrichtiger Herzlichkeit und unverkennbarer Erleichterung über mein Erscheinen erfüllt, nicht das geringste zur Erhellung des Vorfalles würde beitragen können, von dem ich ihr gleich berichten wollte. Ich hatte nicht erwartet, daß ihre unbekümmerte Miene mir Einhalt gebieten würde, und irgendwie erschloß sich mir die Tragweite dessen, was ich erlebt hatte, daraus, daß ich nun zögerte, davon zu erzählen. Kaum etwas an der ganzen Geschichte erscheint mir sonderbarer als der Umstand, daß ich es gleichsam erst in dem Augenblick wirklich mit der Angst zu tun bekam, als ich unwillkürlich das Bedürfnis verspürte, meine Gefährtin zu schonen. Aus einem Grund, den ich damals nicht hätte benennen können, faßte ich in der freundlich wirkenden Halle und unter Mrs. Grose' Blick im Nu einen Entschluß – ich führte einen vagen Vorwand für meine Verspätung an und, auf die Schönheit der Nacht, den starken Tau und nasse Füße verweisend, begab mich so bald wie möglich auf mein Zimmer.

Hier sah die Sache ganz anders aus; hier erwies sie sich, viele Tage lang, als äußerst beunruhigend. Es gab, jeden Tag aufs neue, Stunden oder wenigstens Augenblicke, in denen ich mich – unaufschiebbaren Pflichten zum Trotz – einschließen mußte, um nachzudenken. Zwar war es zu diesem Zeitpunkt noch nicht so weit, daß meine Nervosität über das Maß des Erträglichen hinausgegangen wäre, doch hatte ich beträchtliche Angst davor, es könnte dahin kommen; denn die Wahrheit, der ich mich jetzt stellen mußte, war schlicht und einfach die, daß ich beim besten Willen keine Erklärung für den Besucher zu finden vermochte, dem ich auf so unerklärliche und, wie mir schien, doch so vertraute Weise gegenübergestanden hatte. Es dauerte nicht lange, bis ich erkannte, daß ich auch ohne förmliche Untersuchung und ohne Aufmerksamkeit erweckende Andeutungen schnell einer möglichen Verwicklung meiner Hausgenossen auf die Spur kommen könnte. Der Schreck, der mir in die Glieder gefahren war, hatte offenbar alle meine Sinne geschärft; nach Ablauf von drei Tagen und allein aufgrund gründlicherer Beobachtung war ich mir sicher, daß weder die Dienstboten mich zum besten gehalten hatten noch mir von irgend jemandem sonst ein Streich gespielt worden war. Was immer mir begegnet war, meine Umgebung wußte davon nichts. Und doch gab es nur *eine* vernünftige Erklärung: Irgend jemand hatte sich eine recht ungeheuerliche Freiheit herausgenommen. Um mir das immer wieder zu sagen, schlüpfte ich wiederholt in mein Zimmer und schloß die Tür hinter mir ab. Wir waren allesamt Opfer eines Eindringlings geworden, irgendeines gewissenlosen Durchreisenden, der sich, von seinem Interesse an alten Häusern getrieben, unbemerkt hereingeschlichen, vom besten Punkt aus die Aussicht genossen und sich dann so unbemerkt, wie er gekommen war, wieder davongestohlen hatte. Daß er mich so dreist und durchdringend angestarrt hatte, paßte nur zu gut zu dieser Taktlosigkeit. Das Beruhigende an der Sache war indes, daß wir ihn bestimmt nie wieder zu Gesicht bekommen würden.

So beruhigend ich dies auch empfand, gelangte ich doch rasch zu der Erkenntnis, daß es im Grunde genommen wohl meine reizvolle Aufgabe war, die mir alles andere recht bedeutungslos erscheinen ließ. Meine reizvolle Aufgabe bestand ganz einfach im Zusammenleben mit Miles und Flora, und durch nichts wurde sie mir angenehmer als durch das Gefühl, wenn ich mich nur richtig in sie hineinstürzte, könnte ich mich damit jedem Ungemach entziehen. Die gewinnende Art meiner kleinen Schützlinge war mir eine beständige Freude und Anlaß, mich immer wieder über die Nichtigkeit meiner ursprünglichen Befürchtungen zu wundern, über den Widerwillen, den ich angesichts der erwarteten tristen Eintönigkeit meines Amtes verspürt hatte. Es sollte, so schien es, keine triste Eintönigkeit und keine quälende Plackerei geben; wie hätte denn eine Tätigkeit nicht reizvoll sein können, die sich jeden Tag aufs neue von ihrer schönsten Seite zeigte? Sie war erfüllt vom Märchenzauber des Kinderzimmers und der Poesie des Schulzimmers. Damit will ich natürlich nicht sagen, wir hätten uns nur mit Märchen und Dichtung beschäftigt; es soll vielmehr heißen, daß ich auf andere Weise nicht auszudrücken vermag, welche Anteilnahme meine kleinen Gefährten in mir weckten. Wie sollte ich es beschreiben außer durch die Feststellung, daß ich, statt mich unweigerlich an die beiden zu gewöhnen, fortwährend neue Entdeckungen machte – was wahrhaftig ein Wunder ist für eine Erzieherin: ich rufe alle meine Kolleginnen als Zeuginnen an! Gewiß, es gab einen Punkt, an dem diese

Entdeckungen ein Ende fanden: Undurchdringliche Dunkelheit lag auch weiterhin über allem, was das Verhalten des Jungen an der Schule betraf. Wie schon erwähnt, war es mir vergönnt gewesen, mich bald ohne Gewissensbisse mit diesem Geheimnis abzufinden. Vielleicht käme es der Wahrheit näher, wenn ich sagte, der Junge selbst habe – ohne ein einziges Wort – die Sache aufgeklärt. Er hatte die ganze Anschuldigung ad absurdum geführt. Sein aufrichtiges, unschuldiges Erröten ließ in meinen Augen nur eine einzige Schlußfolgerung zu: Er war einfach zu edelmütig und ehrlich gewesen für die kleinliche, infame Schulwelt, und dafür hatte er büßen müssen. Scharfsinnig überlegte ich, daß solch individuelle Wesenszüge, solch überlegene Charaktereigenschaften bei der Mehrheit – zu der eben auch engstirnige, niederträchtige Schulleiter zählen konnten – unweigerlich Rachegelüste hervorrufen.

Beide Kinder waren von einer Sanftmut – sie war ihre einzige Schwäche, obschon sie aus Miles nie einen Weichling machte –, die sie (wie soll ich es ausdrücken?) fast unpersönlich wirken ließ, ja geradezu über jede Bestrafung erhaben. Sie glichen jenen Engeln der Anekdote, an denen es – zumindest moralisch – nichts zum Verprügeln gab. Ich erinnere mich, insbesondere bei Miles das Gefühl gehabt zu haben, er besäße nichts, was man als – wenn auch noch so kurze – Lebensgeschichte bezeichnen könnte. Wir erwarten bei einem Kind gewiß kein langes »Vorleben«, doch von diesem hübschen kleinen Jungen ging etwas so außerordentlich Empfindsames und gleichzeitig so außerordentlich Glückliches aus, daß ich – stärker als bei jedem anderen Geschöpf seines Alters, das mir je begegnet ist – den Eindruck gewann, sein Dasein begänne jeden Tag aufs neue. Er hatte niemals auch nur einen Augenblick gelitten. Darin sah ich einen beredten Beweis dafür, daß er nicht wirklich gezüchtigt worden war. Wäre er ungezogen gewesen, hätte er Prügel bekommen, und ich hätte die Auswirkungen wahrgenommen – hätte die Spuren ausfindig gemacht, hätte die Kränkung gespürt und die Schmach. Doch nichts davon vermochte ich zu entdecken, und folglich war er ein Engel. Er sprach nie von seiner Schule, erwähnte nie einen Klassenkameraden oder einen Lehrer; und ich war viel zu entrüstet, um das Thema meinerseits zur Sprache zu bringen. Natürlich stand ich in seinem Bann, und das Wundersame daran ist, daß ich mir dessen, auch damals schon, durchaus bewußt war. Aber ich überließ mich diesem Zauber; er war ein Gegenmittel gegen jeglichen Kummer, und davon hatte ich reichlich. Ich erhielt in jenen Tagen beunruhigende Briefe von Zuhause, wo die Dinge nicht zum besten standen. Doch was zählte noch auf der Welt angesichts der Freude, die meine Kinder mir bereiteten? Das war die Frage, die ich mir immer wieder stellte, wenn ich mich zwischendurch für kurze Zeit zurückzog. Ich war von ihrem Liebreiz geblendet.

Es kam ein Sonntag – um mit der Geschichte fortzufahren –, an dem es so heftig und ausdauernd regnete, daß ein Kirchgang unmöglich war; deshalb hatte ich im Laufe des Tages mit Mrs. Grose verabredet, daß wir zusammen den Spätgottesdienst besuchen wollten, sofern bis zum Abend eine Wetterbesserung eintrat. Erfreulicherweise hörte der Regen tatsächlich auf, und ich kleidete mich für unseren Spaziergang an, der, durch den Park und auf der guten Straße ins Dorf, eine Sache von zwanzig Minuten war. Als ich herunterkam, um meine Gefährtin in der Halle zu treffen, fiel mir ein Paar Handschuhe ein, das einiger Nadelstiche bedurft und diese auch erhalten hatte – etwas unschicklich vielleicht in aller Öffentlichkeit, während ich den Kindern bei ihrem Tee Gesellschaft leistete, der an Sonntagen ausnahmsweise in dem unpersönlich-kühlen Tempel aus Mahagoni und Messing, dem Speisezimmer der Erwachsenen, serviert wurde. Die Handschuhe waren dort liegengeblieben, und ich ging hinein, um sie zu holen. Es war ein recht grauer Tag, doch das noch verbliebene Nachmittagslicht gestattete es mir, beim Überschreiten der

Schwelle nicht nur die gesuchten Handschuhe auf einem Stuhl in der Nähe des großen, damals geschlossenen Fensters zu entdecken, sondern auch eine Person, die draußen vor dem Fenster stand und hereinschaute. Ein Schritt ins Zimmer hatte genügt; ich hatte die Gestalt augenblicklich bemerkt; sie war unübersehbar. Die Person, die da hereinsah, war dieselbe, die mir schon einmal erschienen war. Nun erschien sie mir abermals, ich will nicht behaupten: deutlicher, denn das wäre unmöglich gewesen, aber so nahe, daß es einen weiteren Schritt in unserem Umgang darstellte und ich bei ihrem Anblick den Atem anhielt und erschauderte. Es war derselbe Mann – es war derselbe Mann, und ich sah ihn, wie schon beim letzten Mal, von der Taille aufwärts; wohl lag das Speisezimmer im Erdgeschoß, doch reichte das Fenster nicht bis auf die Terrasse hinunter, wo er stand. Sein Gesicht war dicht an der Scheibe, und als ich ihn nun aus der Nähe sah, wurde mir seltsamerweise bewußt, wie intensiv die erste Begegnung gewesen war. Er verharrte lediglich ein paar Sekunden – lange genug, um mich davon zu überzeugen, daß auch er mich gesehen und erkannt hatte, aber mir war, als hätte ich ihn jahrelang unentwegt angeblickt, als kennte ich ihn seit jeher. Allerdings geschah diesmal etwas, das beim letzten Mal nicht geschehen war: Zwar starrte er mich durch die Scheibe und quer durchs Zimmer ebenso unverhohlen und eindringlich an wie schon zuvor, doch wandte er dann seinen Blick einen Moment lang von mir ab; währenddessen konnte ich ihn weiter beobachten, konnte sehen, wie er nacheinander verschiedene andere Dinge musterte. Da überkam mich schlagartig die schreckliche Gewißheit, daß er nicht meinetwegen gekommen war. Er hatte jemanden anderen gesucht.

Das Aufblitzen dieser Erkenntnis – denn es war in der Tat eine Erkenntnis, die sich mir da inmitten des Grauens aufdrängte – zeitigte in mir eine ganz außergewöhnliche Wirkung, beschwor sie doch, wie ich so dastand, eine plötzliche Aufwallung von Pflichtgefühl und Mut in mir herauf. Ich sage Mut, denn ich war ohne jeden Zweifel schon recht mitgenommen. Ich stürzte unverzüglich wieder zur Zimmertür hinaus, erreichte die Haustür, war im nächsten Augenblick draußen auf der Auffahrt, lief, so schnell ich konnte, die Terrasse entlang, bog um eine Ecke und hatte freie Sicht. Doch es war nichts mehr zu sehen – mein Besucher war verschwunden. Ich blieb stehen, fiel vor Fassungslosigkeit fast in Ohnmacht; aber ich nahm den ganzen Schauplatz in Augenschein – wartete eine geraume Zeit, ob der Mann nicht erneut auftauchen würde. Ich spreche von Zeit, doch wie lange mag es gewesen sein? Ich kann heute nichts Sicheres über die Dauer dieser Dinge sagen. Das Gefühl dafür muß mir abhanden gekommen sein: Sie können sich nicht so lange hingezogen haben, wie es mir damals vorkam. Die Terrasse und ihre Umgebung, der Rasen und der Garten dahinter, alles, was ich vom Park sehen konnte, war so menschenleer, wie es sich nur denken ließ. Zwar gab es Sträucher und große Bäume, aber ich erinnere mich an das Gefühl völliger Gewißheit, daß sie ihn nicht verbargen. Er war entweder da oder nicht da: nicht da, wenn ich ihn nicht sah. So viel begriff ich; daraufhin trat ich, anstatt den gleichen Weg wieder zurückzugehen, den ich gekommen war, unwillkürlich ans Fenster. Irgendwie hatte ich das Gefühl, ich müßte den Platz einnehmen, an dem er gestanden hatte. Das tat ich; ich preßte mein Gesicht an die Scheibe und schaute, wie er es getan hatte, ins Zimmer. Wie um mir zu zeigen, welcher Anblick sich ihm geboten hatte, kam in diesem Moment Mrs. Grose aus der Halle herein, so wie ich kurz vorher. Damit spielte sich vor meinen Augen eine exakte Wiederholung dessen ab, was zuvor geschehen war. Sie erblickte mich, wie ich *meinen* Besucher erblickt hatte; sie blieb, gleich mir, abrupt stehen; ich jagte ihr einen ähnlichen Schrecken ein, wie ich ihn selbst empfunden hatte. Sie wurde kreidebleich, und dies veranlaßte mich zu der Frage, ob auch ich so blaß geworden war. Kurz, sie erschrak und stürzte genau wie *ich* aus dem Zimmer; ich wußte, daß sie daraufhin das Haus verlassen hatte, daß sie geradenwegs zu mir eilen und ich gleich mit ihr zusammentreffen würde. Ich blieb, wo ich war, und während ich auf sie wartete, gingen mir alle möglichen Dinge durch den Kopf. Doch nur eines will ich hier erwähnen. Ich fragte mich, weshalb *sie* so erschrocken war.

V

Ach, sie verriet es mir, sobald sie, um die Hausecke biegend, wieder auftauchte. »Was um Himmels willen ist denn los ...?« Sie war jetzt ganz rot im Gesicht und außer Atem.

Ich sagte nichts, ehe sie näher gekommen war. »Mit mir?« Ich muß eine erstaunte Miene gemacht haben. »Sieht man es mir an?«

»Sie sind leichenblaß. Sie sehen schrecklich aus.«

Ich überlegte; nach diesem Erlebnis durfte ich bedenkenlos jedwede Arglosigkeit zerstreuen. Mein Bedürfnis, Mrs. Grose in ihrer Unwissenheit zu schonen, war gleichsam geräuschlos von meinen Schultern abgefallen, und wenn ich im Augenblick noch schwankte, dann lag es nicht an dem, was ich für mich behielt. Ich streckte ihr die Hand entgegen, und sie ergriff sie; ich hielt sie ein Weilchen fest, denn es tat mir gut, ihre Nähe zu spüren. Daß sie nun zaghaft ihre Verwunderung zu erkennen gab, bestärkte mich in meinem Vorhaben. »Sie wollten mich sicherlich zum Kirchgang abholen, aber ich kann nicht mitkommen.«

»Ist etwas passiert?«

»Ja. Und Sie sollen auch gleich erfahren, was. Sah ich sehr sonderbar aus?«

»Durch das Fenster da? Gräßlich!«

»Nun«, sagte ich, »ich bin erschrocken.« In Mrs. Grose' Augen stand deutlich zu lesen, daß *sie* kein Verlangen danach hatte, in Schrecken versetzt zu werden, gleichzeitig aber auch, daß sie ihre Verantwortung zu gut kannte, um mir nicht bereitwillig bei jeder erkennbaren Widrigkeit beizustehen. O ja, es war eine ausgemachte Sache, daß sie mir hier beistehen *mußte*! »Was Sie vor einer Minute vom Speisezimmer aus sahen, war die Folge davon. Was *ich* – kurz davor – gesehen habe, war viel schlimmer.«

Ihre Hand schloß sich enger um die meine. »Was war es?«

»Ein merkwürdiger Mann. Der hereinschaute.«

»Was für ein merkwürdiger Mann?«

»Ich habe nicht die geringste Ahnung.«

Mrs. Grose sah sich vergeblich um. »Und wo ist er hin?«

»Das weiß ich noch weniger.«

»Hatten Sie ihn vorher schon einmal gesehen?«

»Ja – einmal. Auf dem alten Turm.«

Sie sah mich nur noch forschender an. »Sie wollen sagen, es ist ein Fremder?«

»O ja, ganz bestimmt!«

»Und dennoch haben Sie mir nichts davon erzählt?«

»Nein ... ich hatte meine Gründe. Aber nun, da Sie erraten haben ...«

Mrs. Grose wies diese Unterstellung mit großen Augen zurück. »Oh, ich habe gar nichts erraten!« entgegnete sie schlicht. »Wie könnte ich, wenn *Sie* schon keine Vermutung haben?«

»Nicht die geringste.«

»Sie haben ihn nur auf dem Turm gesehen? Nirgendwo sonst?«

»Und vorhin hier.«

Mrs. Grose blickte sich erneut um. »Was hat er auf dem Turm gemacht?«

»Er stand nur da und schaute zu mir herunter.«

Sie dachte einen Augenblick nach. »War er ein Gentleman?«

Ich stellte fest, daß ich nicht nachzudenken brauchte. »Nein.« Sie schaute noch verwunderter drein. »Nein.«

»Dann war es niemand aus dem Haus? Niemand aus dem Dorf?«

»Nein – nein. Ich habe es Ihnen nicht gesagt, aber ich bin der Sache nachgegangen.« Sie atmete erleichtert auf: Seltsamerweise schien sie das zu beruhigen. Doch es hielt nicht lange vor. »Aber wenn er kein Gentleman ist …«

»… was ist er dann? Eine Schreckensgestalt.«

»Eine Schreckensgestalt?«

»Er ist … Gott helfe mir, wenn ich weiß, *was* er ist.«

Mrs. Grose blickte sich abermals um; sie starrte in die Ferne, wo die Abenddämmerung schon heraufzog. Dann nahm sie sich zusammen und sagte völlig unvermittelt: »Wir sollten längst in der Kirche sein.«

»Ach, ich bin im Augenblick nicht in der Verfassung, in die Kirche zu gehen.«

»Würde es Ihnen nicht guttun?«

»Es würde *ihnen* nicht guttun!« Mit einer Kopfbewegung wies ich auf das Haus.

»Den Kindern?«

»Ich kann sie jetzt nicht allein lassen.«

»Sie haben Angst …?«

»Ich habe Angst vor *ihm*«, gab ich unumwunden zu.

Bei diesen Worten zeigte sich auf Mrs. Grose' breitem Gesicht zum ersten Mal der ferne, schwache Abglanz geschärften Bewußtseins: Aus irgendeinem Grund meinte ich in ihren Zügen das allmähliche Aufdämmern einer Ahnung zu erkennen, die nicht ich ihr eingegeben hatte und deren Inhalt mir zu jenem Zeitpunkt noch völlig verborgen war. Mir fällt auch wieder ein, daß ich darin sofort etwas vermutete, was die Sache erhellen konnte, und ich war überzeugt, daß ihr sogleich geäußerter Wunsch, mehr zu erfahren, damit zusammenhing. »Wann war das – auf dem Turm?«

»Um die Monatsmitte. Zu ebendieser Stunde.«

»Da war es ja schon fast dunkel«, versetzte Mrs. Grose.

»O nein, keineswegs. Ich sah ihn, wie ich Sie jetzt sehe.«

»Wie kam er denn herein?«

»Und wie kam er wieder hinaus?« erwiderte ich lachend. »Ich hatte keine Gelegenheit, ihn zu fragen! Wie Sie sehen«, fuhr ich fort, »ist es ihm heute abend nicht gelungen, ins Haus zu kommen.«

»Er schaut sich nur neugierig um?«

»Ich hoffe, er wird sich darauf beschränken!« Sie hatte meine Hand inzwischen losgelassen und wandte sich nun ein wenig von mir ab. Ich wartete einen Augenblick, dann stieß ich hervor: »Gehen Sie nur in die Kirche. Auf Wiedersehen. Ich muß hier Wache halten.«

Langsam drehte sie sich wieder zu mir um. »Sie machen sich Sorgen um die Kinder?«

Wir tauschten erneut einen langen Blick. »*Sie* nicht?« Anstatt zu antworten, trat sie näher ans Fenster und preßte eine ganze Weile ihr Gesicht an die Scheibe. »Sie sehen, was er sehen konnte«, redete ich unterdessen weiter.

Sie rührte sich nicht. »Wie lange stand er hier?«

»Bis ich herauskam. Ich wollte mit ihm zusammentreffen.«

Mrs. Grose wandte sich schließlich wieder mir zu; in ihren Zügen spiegelte sich jetzt noch größere Verwunderung. »*Ich* hätte mich das nie getraut.«

»Ich eigentlich auch nicht!« Abermals lachte ich. »Dennoch bin ich herausgekommen. Ich habe meine Pflichten.«

»Und ich die meinen«, erwiderte sie; dann fügte sie hinzu: »Wie sieht er denn aus?«

»Ich würde es Ihnen für mein Leben gern sagen. Aber er sieht aus wie niemand sonst.«

»Niemand sonst?« wiederholte sie.

»Er trägt keinen Hut.« Als ich daraufhin an ihrem Mienenspiel erkannte, daß sie, zu ihrer großen Bestürzung, aufgrund dieses Hinweises erste Umrisse eines Bildes ausgemacht hatte, fügte ich rasch Pinselstrich um Pinselstrich hinzu. »Er hat rotes – sehr rotes –, dichtgelocktes Haar und ein langes, bleiches Gesicht mit ebenmäßigen, schönen Zügen und einem dünnen, recht eigenwilligen Backenbart, der ebenso rot ist wie das Kopfhaar. Die Augenbrauen sind eine Spur dunkler; sie scheinen besonders stark gewölbt und erwecken den Eindruck, als wären sie ohne Unterlaß in Bewegung. Sein Blick ist durchdringend und kalt – entsetzlich durchdringend und kalt; ganz sicher aber weiß ich, daß seine Augen recht klein sind und einen unverwandt anstarren. Sein Mund ist breit, seine Lippen sind schmal, und abgesehen von dem dünnen Backenbart ist er völlig glatt rasiert. Irgendwie wirkt er auf mich wie ein Schauspieler.«

»Ein Schauspieler!« Niemand hätte, in jenem Augenblick zumindest, weniger einem solchen gleichen können als Mrs. Grose.

»Ich bin nie einem begegnet, aber so stelle ich mir Schauspieler vor. Er ist großgewachsen, gewandt, hält sich gerade«, fuhr ich fort, »aber ein Gentleman – nein, ein Gentleman ist er bestimmt nicht!«

Das Gesicht meiner Gefährtin war während meiner Ausführungen immer bleicher geworden; die runden Augen traten fast aus ihren Höhlen, ihr gutmütiger Mund stand offen. »Ein Gentleman?« stieß sie, verwirrt und bestürzt, hervor. »*Er* – ein Gentleman?«

»Dann kennen Sie ihn also?«

Sie rang sichtlich um Fassung. »Aber er sieht doch gut aus?«

Ich erkannte, wie ich ihr helfen konnte. »Auffallend gut!«

»Und er trägt …?«

»… die Kleider eines anderen. Sie sind elegant, aber es sind nicht seine eigenen.«

Ein leises zustimmendes Stöhnen entrang sich ihr. »Es sind die des gnädigen Herrn!«

Sogleich fragte ich nach. »Sie kennen ihn also tatsächlich?«

Sie zögerte nur einen Augenblick. »Quint!« rief sie.

»Quint?«

»Peter Quint – sein persönlicher Diener, sein Kammerdiener, wenn er sich hier aufhielt!«

»Wenn sich der gnädige Herr hier aufhielt?«

Immer noch verdutzt, aber bereit, mir weiterzuhelfen, setzte sie das Bild Stück für Stück zusammen. »Einen Hut trug er nie, aber er trug … nun ja, es fehlten Westen. Sie waren beide hier – im letzten Jahr. Dann reiste der gnädige Herr ab, und Quint blieb allein zurück.«

Ich konnte zwar folgen, stutzte jedoch ein wenig. »Allein?«

»Allein mit *uns.*« Dann fügte sie, als käme es tief aus ihrem Inneren, hinzu: »Er übertrug ihm die Verantwortung.«

»Und was ist aus ihm geworden?«

Sie zögerte so lange, daß meine Verwirrung nur noch wuchs. »Er ging auch«, stieß sie schließlich hervor.

»Wohin?«

Bei dieser Frage nahm ihr Gesicht einen sonderbaren Ausdruck an. »Gott weiß, wohin! Er starb.«

»Starb?« Ich schrie es fast heraus.

Es war beinahe, als gehe sie in Kampfstellung, als suche sie festeren Halt, um das Verwunderliche an der Sache in Worte fassen zu können. »Ja, Mr. Quint ist tot.«

VI

Es bedurfte natürlich mehr als dieses außergewöhnlichen Vorfalls, um uns beiden vor Augen zu führen, womit wir fortan, so gut wir konnten, zu leben hatten, nämlich mit meiner schrecklichen Anfälligkeit für Eindrücke von der Art, wie sie durch die jüngsten Beispiele so lebhaft illustriert wurden, und mit dem – teils von Bestürzung, teils von Mitgefühl geprägten – Wissen meiner Gefährtin um diese Anfälligkeit. An jenem Abend nach der Enthüllung, die mich eine Stunde lang so sehr niederdrückte – an jenem Abend besuchte keine von uns beiden mehr einen Gottesdienst; wir hielten nur noch eine kleine Andacht voller Tränen und Schwüre, voller Gebete und Gelübde als Höhepunkt all der gegenseitigen Aufforderungen und Versprechungen, die unverzüglich folgten, sobald wir uns gemeinsam ins Schulzimmer zurückgezogen und uns dort eingeschlossen hatten, um über alles zu sprechen. Das Ergebnis unserer Aussprache war, daß wir uns die wesentlichen Elemente vor Augen führten, die unsere Lage ausmachten: Mrs. Grose selbst hatte nichts gesehen, nicht einmal den Schatten eines Schattens, und keiner im Haus außer eben der Gouvernante befand sich in deren mißlicher Lage. Dennoch hielt Mrs. Grose, ohne meine Zurechnungsfähigkeit offen in Zweifel zu ziehen, meine Schilderung der Ereignisse für wahr und begegnete mir aus diesem Grunde schließlich mit einer ehrfürchtigen Zärtlichkeit, mit einer Rücksichtnahme auf mein mehr als fragwürdiges Privileg, die mir noch in ihrer leisesten Andeutung bis heute als eine unvergleichlich wohltuende Geste menschlicher Barmherzigkeit in Erinnerung geblieben ist.

In jener Nacht gelangten wir denn auch übereinstimmend zu der Auffassung, gemeinsam könnten wir die Sache schon bewältigen; und ich war mir nicht einmal sicher, ob nicht sie, obzwar gar nicht unmittelbar betroffen, den größten Teil der Last trug. Ich hatte, glaube ich, schon damals eine Vorstellung davon – wie ich auch später stets wußte –, was ich zum Schutz meiner Zöglinge alles auf mich nehmen konnte; doch es dauerte eine ganze Weile, bis ich letztlich Klarheit darüber gewann, wie weit meine redliche Mitstreiterin zu gehen bereit war, um eine so nervenaufreibende Übereinkunft einzuhalten. Ich bot auf meine Art gewiß eine recht sonderbare Gesellschaft – so sonderbar wie jene, in die ich selbst geraten war; aber wenn ich mir vor Augen führe, was wir durchgemacht haben, sehe ich, wieviel Gemeinsamkeit wir in dem einen Gedanken gefunden haben müssen, der uns dann glücklicherweise wirklichen Halt zu geben vermochte. Es war der Gedanke, die plötzliche Eingebung, die mich gleichsam aus dem beengten Kämmerchen meiner Furcht in den Innenhof herausführte. Dort konnte ich wenigstens wieder Luft holen, und dort konnte auch Mrs. Grose sich mir zugesellen. Ich kann mich noch heute ganz genau daran erinnern, auf welch eigentümliche Weise ich neue Kraft schöpfte, ehe wir in jener Nacht auseinandergingen. Immer wieder hatten wir alles, was ich gesehen hatte, bis in jede Einzelheit durchgesprochen.

»Er hat, sagen Sie, nach jemand anderem Ausschau gehalten – und nicht nach Ihnen?«

»Er hat den kleinen Miles gesucht.« Eine grauenvolle Klarheit ergriff jetzt Besitz von mir. »Nach *ihm* hat er Ausschau gehalten.«

»Aber woher wissen Sie das?«

»Ich weiß es, ich weiß es, ich weiß es!« Meine Erregung wuchs. »Und *Sie*, meine Liebe, wissen es auch!«

Sie bestritt das nicht, aber selbst ein derartiges Eingeständnis hätte ich wohl nicht gebraucht. Im nächsten Augenblick griff sie meine Bemerkung wieder auf. »Was ist, wenn *er* ihn sieht?«

»Der kleine Miles? Das will er ja gerade!«

Sie blickte erneut ganz erschrocken drein. »Das Kind?«

»Gott behüte! Der Mann. Er will den Kindern erscheinen.« Daß ihm das gelingen könnte, war eine schreckliche Vorstellung, und doch vermochte ich ihr irgendwie die Spitze zu nehmen, was ich, während wir noch immer zögerten auseinanderzugehen, sogar Mrs. Grose vermitteln konnte. Ich hatte die absolute Gewißheit, daß ich erneut sehen würde, was ich bereits gesehen hatte, doch etwas in meinem Inneren sagte mir, wenn ich mich selbst unerschrocken als alleinige Zielscheibe für solche Übergriffe anböte, wenn ich dies alles auf mich nähme, auf mich lenkte und überwände, würde ich als Sühnopfer dienen und die Seelenruhe der anderen Mitglieder des Haushalts gewährleisten. Vor allem aber würde ich auf diese Weise die Kinder abschirmen und ganz gewiß retten können. Ich erinnere mich an eine der letzten Bemerkungen, die ich in jener Nacht Mrs. Grose gegenüber machte.

»Es wundert mich doch sehr, daß meine Zöglinge kein einziges Mal ...«

Sie sah mich forschend an, als ich nachdenklich innehielt. »... seine Anwesenheit hier erwähnten und die gemeinsam verbrachte Zeit?«

»Die gemeinsam verbrachte Zeit, seinen Namen, sein Aussehen, seine Geschichte. Sie haben niemals auch nur eine Andeutung gemacht.«

»Ach, unser kleines Fräulein kann sich daran gar nicht erinnern. Sie hat nie etwas davon gehört oder mitbekommen.«

»Von den Umständen seines Todes?« Ich dachte angestrengt nach. »Vielleicht nicht. Aber Miles müßte sich erinnern – Miles müßte etwas mitbekommen haben.«

»Ach, quälen Sie ihn damit nicht!« entfuhr es Mrs. Grose.

Ich sah sie genauso forschend an, wie sie mich eben angesehen hatte. »Da brauchen Sie keine Angst zu haben.« Ich dachte weiter nach. »Aber sonderbar ist es schon.«

»Daß er nie von ihm gesprochen hat?«

»Mit keiner Silbe. Und Sie behaupten, die beiden seien ›enge Freunde‹ gewesen.«

»Oh, das ging nicht von *Miles* aus!« erklärte Mrs. Grose mit Nachdruck. »Quint fand Gefallen daran. Ich meine, Gefallen daran, mit ihm zu spielen – ihn zu verwöhnen.« Sie machte eine kurze Pause, dann fügte sie hinzu: »Quint nahm sich viel zu viele Freiheiten heraus.«

Bei dieser Vorstellung wurde mir, die ich sein Gesicht – *welch* ein Gesicht! – vor mir sah, vor Abscheu plötzlich ganz übel. »Zu viele Freiheiten bei *meinem* Jungen?«

»Bei allen.«

Ich verzichtete fürs erste darauf, mir bei dieser Schilderung Genaueres auszumalen, als daß sie in Teilen auf mehrere Mitglieder des Haushalts zutraf, auf mehrere des halben Dutzends männlicher und weiblicher Dienstboten, die noch zu unserer kleinen Kolonie zählten. Das für unsere Begriffe Entscheidende lag indes in dem glücklichen Umstand, daß sich, so weit man zurückdenken konnte, um das treffliche alte Haus nie irgendwelche Schauermärchen, nie irgendwelche Gruselgeschichten gerankt hatten. Es hatte weder einen schlechten Namen noch einen üblen Ruf, und Mrs. Grose verspürte ganz offensichtlich nur den Wunsch, sich an mich zu klammern und schweigend zu zittern. Zuallerletzt stellte ich sie sogar noch auf die Probe. Als sie um Mitternacht Anstalten machte zu gehen und schon die Hand nach dem Knauf der Schulzimmertür ausstreckte, fragte ich sie: »Verstehe ich Sie recht – denn das ist sehr wichtig –: Sie behaupten, er sei eindeutig und anerkanntermaßen ein böser Mensch gewesen?«

»Oh, nicht anerkanntermaßen. *Ich* wußte es – aber der gnädige Herr nicht.«

»Und Sie haben es ihm nie gesagt?«

»Nun ja, er mochte es nicht, wenn man ihm Klatsch zutrug – Beschwerden waren ihm verhaßt. Auf so etwas reagierte er schrecklich barsch, und wenn *er* jemanden für vertrauenswürdig hielt ...«

»... dann wollte er nicht weiter behelligt werden?« Dies stimmte weitgehend mit dem Eindruck überein, den ich von ihm gewonnen hatte: Er war kein Mensch, der sich gerne mit unangenehmen Dingen beschäftigte, und vielleicht auch nicht gerade sehr wählerisch, was seinen eigenen Umgang betraf. Dennoch setzte ich meiner Informantin weiter zu. »Ich versichere Ihnen, *ich* hätte es ihm gesagt!«

Sie spürte den Vorwurf in meinen Worten. »Wahrscheinlich habe ich mich falsch verhalten. Aber ich hatte wirklich Angst.«

»Angst wovor?«

»Vor dem, wozu dieser Mann imstande war. Quint war so schlau – er war so durchtrieben.«

Das berührte mich noch stärker, als ich es mir vermutlich anmerken ließ. »Sie hatten nicht vor etwas anderem Angst? Nicht vor seinem Einfluß ...?«

»... seinem Einfluß?« wiederholte sie mit gequälter Miene und wartete, während ich noch zögerte weiterzusprechen.

»... auf das unschuldige, kostbare Leben junger Menschen. Die Kinder standen doch unter Ihrer Obhut.«

»Nein, nicht unter meiner!« entgegnete sie rundheraus und bekümmert. »Der gnädige Herr hielt große Stücke auf ihn und gab ihm hier eine Anstellung, weil er angeblich nicht bei bester Gesundheit war und die Landluft ihm guttun würde. Also hatte er hier das alleinige Sagen. Ja«, ließ sie mich wissen, »auch was *sie* anlangte.«

»Bestimmte über die Kinder – diese Kreatur?« Ich mußte einen Aufschrei unterdrücken. »Und das konnten Sie ertragen?«

»Nein. Das konnte ich nicht – und ich kann es auch jetzt noch nicht!« Die arme Frau brach in Tränen aus.

Vom nächsten Tag an sollten die beiden, wie gesagt, strenger Aufsicht unterworfen sein; doch wie oft und wie leidenschaftlich kamen wir noch eine ganze Woche lang auf das Thema zurück! Obwohl wir die Sache in jener Sonntagnacht so ausführlich besprochen hatten, stellte sich bei mir, vor allem in den unmittelbar auf unsere Aussprache folgenden Nachtstunden – man kann sich ausmalen, wieviel ich geschlafen habe –, das unbestimmte Gefühl ein, Mrs. Grose habe mir nicht alles erzählt. Ich meinerseits hatte ihr nichts verschwiegen, doch es gab etwas, das Mrs. Grose mir verschwieg. Bis zum Morgen war ich dann zudem überzeugt, daß dies nicht aus einem Mangel an Offenheit geschehen war, sondern weil es auf beiden Seiten Ängste gab. In der Tat will mir heute im Rückblick scheinen, keine Ruhe findend hätte ich, noch ehe die Morgensonne hoch am Himmel stand, in die uns bekannten Fakten schon nahezu jegliche Bedeutung hineingelesen, die sie durch nachfolgende, noch entsetzlichere Ereignisse tatsächlich erhalten sollten. Was sie mir vor allem enthüllten, war das unheilvolle Bild des lebenden Quint – der tote konnte noch eine Weile warten! – sowie der Monate, in denen er sich auf Bly aufgehalten hatte und die sich, zählte man sie zusammen, zu einer beträchtlichen Spanne addierten. Das Ende dieser schlimmen Zeit war erst gekommen, als Peter Quint im Dämmerlicht eines Wintermorgens von einem Tagelöhner auf dem Weg zu seiner frühen Arbeit an der vom Dorf nach Bly führenden Straße tot aufgefunden wurde: ein tragisches Ende, das sich – zumindest oberflächlich – durch eine sichtbare Kopfwunde erklären ließ, eine Wunde, die möglicherweise (und, wie die abschließende Untersuchung ergab, auch tatsächlich) auf ein verhängnisvolles Ausgleiten zurückzuführen war, zu dem es nach Verlassen des Wirtshauses im Dunkeln auf einem recht steil abfallenden, vereisten Hang gekommen sein mußte, auf den er sich offenbar verirrt hatte und an dessen Fuße er lag. Der vereiste Hang, die in der Nacht und im Rausch verfehlte Wegbiegung erklärten viel – nach der Leichenschau und endlosem Gerede zu guter Letzt eigentlich alles; doch hatte es in seinem Leben Dinge gegeben, seltsame Begebenheiten und Fährnisse, heimliche Ausschweifungen, ungeahnte Laster, die noch ein gut Teil mehr erklärt hätten.

Ich weiß kaum, wie ich meine Geschichte in Worte fassen soll, damit sie ein glaubwürdiges Bild meines Seelenzustands abgibt, war es mir in diesen Tagen doch vergönnt, echte Freude zu empfinden über die ungewöhnliche Aufwallung von Heldenmut, den die Ereignisse mir abverlangten. Ich erkannte nun, daß ich mit einem ebenso verdienstvollen wie schwierigen Amt betraut worden war, und es hätte etwas Erhebendes, würde man gewahr – ach, an der richtigen Stelle gewahr! –, daß ich mich bewährte, wo manch andere wohl versagt hätte. Es war mir eine ungeheure Hilfe – ich gestehe, ich zolle mir selbst im Rückblick durchaus Beifall! –, daß ich meine Aufgabe so klar und deutlich erfaßte. Ich war da, um die verlassensten und liebenswertesten Geschöpfe der Welt zu beschützen und zu verteidigen, deren Hilflosigkeit mit einem Male nur zu offenkundig war und mir in meiner innigen Zuneigung zu ihnen tiefen, anhaltenden Schmerz bereitete. Genaugenommen waren wir alle drei von der übrigen Welt abgeschnitten; wir waren in unserer Gefahr vereint. Die Kinder hatten nichts und niemanden außer mir, und ich – nun, ich hatte *sie*. Es war, kurz gesagt, eine wunderbare Aufgabe, für die sich mir ein höchst anschauliches Sinnbild aufdrängte: Ich war ein Wandschirm – ich mußte mich vor die Kinder stellen. Je mehr *ich* sah, desto weniger würden *sie* sehen. Ich begann mit verhaltener Anspannung über sie zu wachen, mit gut verborgener banger Erwartung, die sich, hätten sie allzu lange angedauert, leicht in etwas wie Wahnsinn hätten verwandeln können. Was mich, wie ich jetzt erkenne, davor bewahrt hat, war, daß die Entwicklung eine ganz andere Richtung nahm: Die Spannung hielt nicht lange an – sie wurde von schrecklicher Gewißheit abgelöst. Gewißheit, sage ich, ja – von dem Augenblick an, da ich wirklich begriff.

Dieser Augenblick kam eines Nachmittags, als ich mit dem jüngeren meiner Zöglinge eine Stunde allein im Park draußen verbrachte. Wir hatten Miles im Haus zurückgelassen, auf dem roten Kissen einer breiten Bank in einer Fensternische; er wollte ein Buch zu Ende lesen, und ich hatte einen jungen Mann, dessen einziger Fehler eine gewisse Neigung zur Unrast war, nur zu gern in einem so löblichen Vorhaben bestärkt. Seine Schwester dagegen war ganz begierig darauf gewesen, ins Freie zu kommen, und ich streifte mit ihr eine halbe Stunde lang umher, stets den Schatten suchend, denn die Sonne stand noch hoch und der Tag war ungewöhnlich warm. Wieder einmal wurde mir während unseres Spaziergangs bewußt, wie sie es, gleich ihrem Bruder, verstand – das war das Bezaubernde an beiden Kindern –, mich allein zu lassen, ohne mir das Gefühl zu geben, sie miede mich, und mich zu begleiten, ohne mir das Gefühl zu geben, sie sei eine Last. Sie waren niemals aufdringlich und dennoch niemals teilnahmslos. Im Grunde genommen beschränkte sich meine Aufsicht darauf, ihnen dabei zuzusehen, wie sie sich ohne mich bestens unterhielten: Dies war ein Schauspiel, das sie eigens für mich aufzuführen schienen und in dem mir die Rolle eines eifrigen Bewunderers zugedacht war. Ich bewegte mich in einer von ihnen erfundenen Welt – sie hatten also keinerlei Veranlassung, sich der meinen zuzuwenden; so wurde meine Zeit lediglich in Anspruch genommen, wenn für ein Spiel gerade irgendeine ungewöhnliche Person oder Sache benötigt wurde, die zu verkörpern mir, dank meiner Überlegenheit, meiner Vorrangstellung, nur eine angenehme und höchst ehrenvolle Aufgabe war. Ich weiß nicht mehr, was ich bei jener Gelegenheit gerade darstellte; ich erinnere mich nur noch, daß es sich um etwas sehr Wichtiges und sehr Ruhiges handelte und daß Flora ganz in ihr Spiel vertieft war. Wir befanden uns am Ufer des Sees, und da wir vor kurzem mit dem Geographieunterricht begonnen hatten, war der See das Asowsche Meer.

Inmitten dieses Treibens wurde mir plötzlich bewußt, daß wir auf dem gegenüberliegenden Ufer des Asowschen Meeres einen aufmerksamen Zuschauer hatten. Wie dieses Bewußtsein sich einstellte, war die sonderbarste Sache der Welt – das heißt, die sonderbarste abgesehen von der noch viel sonderbareren, in die sie alsbald mündete. Ich hatte mich mit einer Handarbeit auf die alte Steinbank gesetzt, von der aus man den Teich überblicken konnte – ich stellte irgend etwas dar, dem es gestattet war zu sitzen –, und auf ebendiesem Platz wurde ich, ohne hinzusehen, aber mit Bestimmtheit, der Anwesenheit einer dritten Person in einiger Entfernung inne. Die alten Bäume, die dichten Büsche warfen einen ausgedehnten, angenehmen Schatten, doch alles war in die Helligkeit der heißen, stillen Stunde getaucht. Es gab nichts Trügerisches daran und auch und erst recht nicht an der Gewißheit, die sich meiner von einer Sekunde zur nächsten bemächtigte: was ich nämlich jenseits des Sees erblicken würde, wenn ich die Augen höbe. Sie waren zu diesem Zeitpunkt auf die Näharbeit gerichtet, mit der ich beschäftigt war, und ich kann noch heute die krampfhafte Anstrengung spüren, deren es bedurfte, nicht hochzusehen, ehe ich mich so weit beruhigt hatte, daß ich einen Entschluß über mein weiteres Vorgehen fassen konnte. Etwas Fremdes war in Sichtweite – eine Gestalt, deren Recht, dazusein, ich unverzüglich und aufs heftigste anzweifelte. Ich entsinne mich, daß ich sämtliche Möglichkeiten durchging, daß ich mir einredete, nichts sei natürlicher als etwa das Auftauchen eines der Männer, die auf Bly arbeiteten, oder auch eines Laufburschen, eines Postboten oder eines Ladengehilfen aus dem Dorf. Diese Überlegungen vermochten meine faktische Gewißheit ebensowenig zu erschüttern, wie sie, das war mir auch ohne hinzuschauen klar, Wesen und Haltung unseres Besuchers änderten. Nichts wäre natürlicher gewesen, als das Ganze anders zu deuten – was mir indes nicht gelang.

Über die wahre Identität der Erscheinung würde ich mir Klarheit verschaffen, sobald mir die kleine Uhr meines Mutes die richtige Sekunde anzeigte; mit einer Anstrengung, die mich bereits Kraft genug kostete, richtete ich unterdessen meinen Blick auf die kleine Flora, die in diesem Moment etwa zehn Meter von mir entfernt war. Angesichts der Frage, ob auch sie die Erscheinung sähe, hatte mein Herz vor Anspannung und Entsetzen einen Augenblick lang stillgestanden; ich hielt den Atem an in Erwartung eines Aufschreis oder einer unschuldigen Geste des Interesses oder der Bestürzung, die mir alles verraten würde. Ich wartete, doch nichts geschah; da wurde ich zunächst von dem Eindruck beherrscht, daß die Kleine – und darin, meine ich, liegt etwas Beklemmenderes als in allem anderen, was ich zu berichten habe – binnen einer Minute völlig verstummt war, und danach von dem Umstand, daß sie überdies in ebendieser Minute beim Spielen dem Wasser den Rücken zugekehrt hatte. In dieser Haltung fand ich sie vor, als ich schließlich zu ihr hinsah – hinsah in der festen Überzeugung, daß wir beide noch immer unter direkter Beobachtung standen. Flora hatte ein flaches Stückchen Holz vom Boden aufgehoben, das zufällig ein kleines Loch aufwies; dadurch war sie offenbar auf die Idee gekommen, ein weiteres Holzstückchen hineinzustecken, das als Mast dienen und aus dem Ding ein Boot machen sollte. Ich beobachtete, wie sie sich äußerst beflissen und angestrengt bemühte, dieses zweite Stückchen an seinem Platz zu befestigen. Ich ahnte, was sie vorhatte; dies gab mir so viel Kraft, daß ich nach ein paar Sekunden glaubte, mehr ertragen zu können. Wieder richtete ich meinen Blick auf sie – und sah, was ich sehen mußte.

VII

Nach diesem Vorfall suchte ich bei erster Gelegenheit das Gespräch mit Mrs. Grose, und ich bin außerstande, einen verständlichen Bericht davon zu geben, wie ich die Zwischenzeit überstand. Doch ich höre mich noch rufen, während ich mich ihr geradezu in die Arme warf: »Die Kinder *wissen* es – es ist zu ungeheuerlich: Sie wissen es, sie wissen es!«

»Und was, um alles in der Welt ...?« Ich spürte ihre Ungläubigkeit, als sie mich an sich drückte.

»Nun, alles, was *wir* wissen – und der Himmel weiß, was sonst noch!« Als sie mich losließ, schilderte ich ihr, was geschehen war, begriff es vielleicht selbst erst jetzt in seiner ganzen Tragweite. »Vor zwei Stunden, im Park« – ich vermochte es kaum auszusprechen – »hat Flora *eine Erscheinung gehabt!*«

Mrs. Grose reagierte darauf, als hätte sie einen Schlag in den Magen erhalten. »Hat sie es Ihnen gesagt?« stieß sie keuchend hervor.

»Kein Wort – das ist ja das Schreckliche. Sie hat es für sich behalten. Ein Kind von acht Jahren, *dieses* Kind!« Noch immer war meine Bestürzung zu groß, um darüber sprechen zu können.

Natürlich konnte Mrs. Grose mich darob nur noch erstaunter anstarren. »Woher wissen Sie es denn dann?«

»Ich war dabei – ich habe es mit eigenen Augen gesehen, habe gesehen, daß sie sie bemerkt hat.«

»Sie meinen, *ihn* bemerkt hat.«

»Nein – *sie*.« Während ich sprach, wurde mir bewußt, daß sich in meinen Zügen Ungeheuerliches ausdrückte, denn ich sah, wie es sich nach und nach auf das Gesicht meiner Gefährtin übertrug. »Es war diesmal eine andere Gestalt, aber unverkennbar genauso schauderhaft und böse: eine Frau in Schwarz, bleich und gräßlich – mit einem ebensolchen Aussehen und einem ebensolchen Gesicht! – am anderen Ufer des Sees. Ich war mit dem Kind dort – eine Stunde lang war alles völlig friedlich, dann stand sie plötzlich da.«

»Wie kam sie? Woher?«

»Von dort, woher solche Wesen eben kommen. Sie tauchte einfach auf und stand da – aber nicht in unmittelbarer Nähe.«

»Und kam nicht näher?«

»Ach, ginge es nach der Wirkung und den Gefühlen, die sie hervorrief, hätte sie grade so nah sein können, wie Sie mir jetzt sind!«

Seltsam berührt, trat meine Freundin einen Schritt zurück. »Sie haben die Frau vorher noch nie gesehen?«

»Noch nie. Aber das Kind hat sie schon gesehen. Und *Sie* kennen sie auch.«

Um zu zeigen, daß ich alles durchschaut hatte, fügte ich sogleich hinzu: »Meine Vorgängerin – die, die gestorben ist.«

»Miss Jessel?«

»Miss Jessel. Sie glauben mir nicht?« bestürmte ich Mrs. Grose.

Sie wand sich in ihrer Not. »Wie können Sie sich dessen so sicher sein?«

In dem Zustand, in dem meine Nerven sich befanden, ließ mich diese Bemerkung ungeduldig auffahren. »Dann fragen Sie doch Flora – *sie* ist sich sicher!« Doch kaum hatte ich zu Ende gesprochen, da gewann ich meine Beherrschung auch schon wieder zurück. »Nein, um Himmels willen, fragen Sie sie *nicht*! Sie wird es abstreiten – sie wird lügen!«

Mrs. Grose' Verwirrung war nicht so heftig, als daß sie nicht unwillkürlich protestiert hätte. »Ach, wie können Sie nur ...?«

»Weil mir alles klar ist. Flora will nicht, daß ich es weiß.«

»Aber bestimmt nur, um Sie zu schonen.«

»Nein, nein – da tun sich Abgründe auf, Abgründe! Je mehr ich darüber nachdenke, desto klarer sehe ich, und je klarer ich sehe, desto größer werden meine Befürchtungen. Ich weiß schon gar nicht mehr, was ich *nicht* sehe, was ich *nicht* befürchte!«

Mrs. Grose versuchte mir zu folgen. »Sie meinen, Sie haben Angst davor, die Frau erneut zu sehen?«

»O nein, davor nicht – nicht mehr!« Und erklärend fügte ich hinzu: »Ich habe Angst, sie *nicht* wieder zu sehen.«

Aber meine Gefährtin schaute nur ratlos drein. »Das verstehe ich nicht.«

»Nun ja, das Kind könnte damit weitermachen – und das wird es ganz gewiß –, ohne daß ich etwas davon merke.«

Beim Gedanken an diese Möglichkeit sank Mrs. Grose einen Augenblick lang in sich zusammen; gleich darauf hatte sie sich jedoch wieder gefaßt, als habe sie neue Kraft gewonnen aus der Einsicht, welcher Entwicklung wir Vorschub leisten würden, gäben wir auch nur einen Zollbreit nach. »Ach herrje … da müssen wir einen kühlen Kopf bewahren! Und schließlich, wenn es ihr nichts ausmacht …!« Sie versuchte es sogar mit einem makabren Scherz. »Vielleicht gefällt es ihr ja sogar!«

»*So etwas* soll ihr gefallen – diesem kleinen Wurm!«

»Ist das nicht gerade ein Beweis für ihre gesegnete Unschuld?« fragte meine Freundin zuversichtlich.

Beinahe wäre es ihr gelungen, mich zu überzeugen. »Ach, *danach* müssen wir greifen – daran müssen wir uns klammern! Und wenn es kein Beweis ist für das, was Sie sagen, so ist es doch ein Beweis für … Gott weiß was! Denn diese Frau ist das Grauen in Person!«

Bei diesen Worten blickte Mrs. Grose zu Boden; als sie dann nach einer Weile wieder aufsah, fragte sie: »Aber woher wissen Sie das?«

»Dann geben Sie also zu, daß sie das tatsächlich war?« rief ich.

»Woher wissen Sie das?« wiederholte meine Freundin bloß.

»Woher? Ich habe sie gesehen! Ihr Anblick hat mir genügt.«

»Sie meinen, wie sie Sie angeblickt hat? So niederträchtig?«

»Du meine Güte, nein … Das hätte ich durchaus ertragen können. Nein, mich hat sie keines einzigen Blickes gewürdigt. Sie starrte nur die Kleine an.«

Mrs. Grose versuchte, sich das vorzustellen. »Starrte sie an?«

»Und mit was für furchtbaren Augen!«

Daraufhin musterte sie die meinen, als hätten sie tatsächlich jenen anderen ähneln können. »Sie meinen, voller Abscheu?«

»Großer Gott, nein. Es war etwas viel Schlimmeres.«

»Schlimmer als Abscheu?« Mrs. Grose war ratlos.

»Eine Unerbittlichkeit lag in ihnen – ganz unbeschreiblich. Eine Art wilder Entschlossenheit.«

Meine Worte ließen sie erblassen. »Entschlossenheit?«

»Sich ihrer zu bemächtigen.« Mrs. Grose schauderte und trat, nachdem sich unsere Blicke kurz getroffen hatten, ans Fenster. Während sie hinausschaute, beendete ich meinen Bericht. »*Das* ist es, was Flora weiß.«

Nach einer Weile drehte sie sich um. »Die Frau trug Schwarz, sagen Sie?«

»Trauerkleidung – recht ärmlich, fast schäbig. Aber sie – ja, sie war von außergewöhnlicher Schönheit.« Ich erkannte jetzt, wohin ich, Zug um Zug, das Opfer meiner vertraulichen Mitteilungen gebracht hatte, denn Mrs. Grose grübelte ganz offensichtlich darüber nach. »O ja, sie war hübsch – sehr hübsch sogar«, beharrte ich, »wunderschön. Aber ruchlos.«

Langsam kam sie wieder zu mir zurück. »Miss Jessel ... *war* ruchlos.« Sie ergriff erneut mit beiden Händen meine Hand und hielt sie so fest, als wollte sie mich gegen die wachsende Besorgnis wappnen, die diese Eröffnung bei mir auslösen mochte. »Sie waren beide ruchlos«, erklärte sie schließlich.

So nahmen wir uns eine Weile lang abermals gemeinsam der Sache an, und es war mir durchaus eine gewisse Hilfe, alles jetzt so klar vor mir zu sehen. »Es war sehr anständig von Ihnen, daß Sie bisher nicht darüber gesprochen haben, und ich weiß Ihre Zurückhaltung zu würdigen«, sagte ich, »aber nun ist es fraglos an der Zeit, mich in alles einzuweihen.« Sie schien dem zuzustimmen, schwieg aber noch immer; deshalb fuhr ich fort: »Ich muß es jetzt wissen. Woran ist sie gestorben? Kommen Sie, da war doch etwas zwischen den beiden.«

»Da war alles.«

»Trotz des Unterschieds ...?«

»... ach ja, des Standes, der Stellung«, stieß sie kummervoll hervor. »*Sie* war eine Dame.«

Ich überlegte kurz, sah die Frau wieder vor mir. »Ja – sie war eine Dame.«

»Und er so schrecklich weit unter ihr«, ergänzte Mrs. Grose.

Ich spürte, daß ich, in solcher Gesellschaft, nicht allzu nachdrücklich auf den Platz eines Dienstboten in der gesellschaftlichen Rangordnung zu verweisen brauchte, doch hinderte mich nichts daran, die Einschätzung meiner Gefährtin zu teilen, was die Erniedrigung meiner Vorgängerin anlangte. Für deren Verhalten gab es eine Erklärung, und ich gab sie; dies um so bereitwilliger, als ich inzwischen – aufgrund des Beweismaterials – eine genaue Vorstellung hatte von dem abgefeimten, gutaussehenden, verstorbenen »persönlichen« Diener unseres Brotherrn: unverschämt, anmaßend, verdorben, lasterhaft. »Der Kerl war ein gemeiner Schuft und ein Schürzenjäger.«

Mrs. Grose zögerte, als überlege sie, ob hier vielleicht doch eine gewisse Nuancierung angebracht sei. »Ich war vorher noch nie jemandem wie ihm begegnet. Er machte, was er wollte.«

»Mit *ihr*?«

»Mit allen.«

Mir war, als sei Miss Jessel in den Augen meiner Freundin plötzlich erneut aufgetaucht. Jedenfalls glaubte ich für einen Moment ihre Gestalt in ihnen ebenso deutlich zu erkennen, wie ich sie am Teich gesehen hatte. Und mit großer Entschiedenheit erklärte ich: »*Sie* muß es ja wohl auch gewollt haben!«

Mrs. Grose' Miene deutete an, daß dies tatsächlich der Fall gewesen sei, doch gleichzeitig sagte sie: »Die Arme – sie hat dafür bezahlt!«

»Dann wissen Sie also, woran sie starb?« fragte ich.

»Nein – ich weiß es nicht. Ich wollte es auch gar nicht wissen; ich war froh, daß ich nichts wußte; und ich dankte dem Himmel, daß sie das alles hinter sich hatte!«

»Aber Sie haben sich damals doch bestimmt Ihre Gedanken gemacht ...«

»... über den wahren Grund ihres Fortgehens? Ja, ja, das schon. Sie hätte nicht hierbleiben können. Denken Sie nur – eine Gouvernante! Später habe ich dann vermutet – und ich habe nach wie vor meine Vermutungen. Und was ich vermute, ist grauenvoll.«

»Nicht so grauenvoll wie das, was *ich* vermute«, entgegnete ich, wobei ich – dessen war ich mir nur allzu bewußt – ein Bild des Jammers geboten haben mußte. Das weckte wieder ihr ganzes Mitgefühl, und angesichts des neuerlichen Beweises ihres Wohlwollens gab meine Widerstandskraft nach. So wie ich sie das letzte Mal in Tränen hatte ausbrechen lassen, so brach nun ich in Tränen aus. Sie drückte mich an ihren mütterlichen Busen, wo mein Wehklagen ungehemmt aus mir hervorsprudelte. »Ich schaffe es nicht!« schluchzte ich verzweifelt. »Ich vermag sie nicht zu beschützen, zu retten. Es ist weit schlimmer, als ich es mir habe träumen lassen. Sie sind verloren!«

VIII

Das, was ich zu Mrs. Grose gesagt hatte, war nur zu wahr: In der Begebenheit, von der ich ihr berichtet hatte, taten sich Abgründe und Aussichten auf, die zu erkunden mir der Mut fehlte; so waren wir, als wir noch ganz unter dem Eindruck des Ereignisses erneut zusammentrafen, übereinstimmend der Meinung, es sei unsere Pflicht, uns jedweden abenteuerlichen Phantasien zu widersetzen. Selbst wenn wir uns sonst nichts bewahrten – zumindest einen kühlen Kopf galt es zu bewahren, würde sich dies auch als noch so schwierig erweisen angesichts all dessen, was nach unseren erstaunlichen Erfahrungen nicht länger in Zweifel zu ziehen war. In jener Nacht, als die anderen im Haus längst schliefen, hatten wir in meinem Zimmer eine weitere Aussprache, in deren Verlauf Mrs. Grose mir gegenüber vorbehaltlos einräumte, es stehe für sie außer Frage, daß ich genau das gesehen habe, was ich gesehen hatte. Damit ihr dies gegenwärtig blieb, brauchte ich sie, wie ich bald merkte, lediglich zu fragen, wie ich denn, wenn ich das Ganze »frei erfunden« hätte, von jeder der mir erschienenen Personen eine Beschreibung hätte liefern können, die deren besondere Merkmale bis in die kleinste Einzelheit enthüllte – ein Porträt hätte zeichnen können, bei dessen Präsentation sie die Betreffenden sofort erkannt und mit Namen genannt hätte. Natürlich hatte sie – wer wollte es ihr verdenken? – den Wunsch, das ganze Thema fallenzulassen, und ich beeilte mich, ihr zu versichern, meine eigene Beteiligung an der Sache dränge mich inzwischen ungestüm zur Suche nach einem Ausweg. Aufrichtig stimmte ich mit ihr darin überein, daß ich mich aller Wahrscheinlichkeit nach mit jeder Wiederholung – und Wiederholungen hielten wir für ausgemacht – mehr an die Gefahr gewöhnen würde, in der ich mich befand; dabei beteuerte ich ausdrücklich, meine eigene Gefährdung sei mittlerweile die geringste meiner Sorgen; es sei vielmehr mein neuer Verdacht, der mir unerträglich schiene. Doch selbst trotz dieser Zuspitzung hatten die späten Stunden des Tages ein wenig Erleichterung gebracht.

Als ich Mrs. Grose nach meinem ersten Gefühlsausbruch verlassen hatte, war ich selbstredend zu meinen Schützlingen zurückgekehrt, denn das beste Gegenmittel gegen meine Verzweiflung und Entmutigung erblickte ich darin, ihr bezauberndes Wesen auf mich wirken zu lassen; in ihm hatte ich längst den Rückhalt erkannt, auf den ich gegebenenfalls zurückgreifen konnte und der mich noch nie im Stich gelassen hatte. Ich hatte mich, mit anderen Worten, abermals in Floras so außergewöhnliche Gesellschaft gestürzt und bemerkt – es war geradezu eine Wonne! –, daß sie ihr Händchen ganz bewußt und zielsicher auf die schmerzende Stelle zu legen verstand. Sie hatte mich mit niedlicher Nachdenklichkeit betrachtet und mir dann auf den Kopf zugesagt, ich hätte »geweint«. Ich war der Meinung gewesen, die häßlichen Spuren meiner Tränen wären weggewischt, doch angesichts dieses unerwarteten Mitgefühls hätte ich – jedenfalls in jenem Augenblick – buchstäblich vor Freude darüber jubeln können, daß sie noch nicht völlig verschwunden waren. In die blauen Tiefen dieser Kinderaugen zu blicken und ihre Sanftheit als eine Finesse frühreifer Durchtriebenheit zu bezeichnen, hätte bedeutet, sich eines Zynismus schuldig zu machen, dem ich natürlich nicht huldigen wollte, weshalb ich es vorzog, meinem Verdacht und, soweit wie möglich, auch meiner Erregung abzuschwören. Freilich genügte der gute Wille allein dazu nicht, doch konnte ich – wie ich es denn auch in jenen Nachtstunden ein ums andere Mal tat – Mrs. Grose gegenüber wiederholt versichern, wenn die Stimmen der Kinder die Luft erfüllten, wenn unsere kleinen Freunde sich an unser Herz und ihre entzückenden Gesichtchen an unsere Wangen drückten, verlöre alles an Gewicht außer ihrer kindlichen Hilfsbedürftigkeit und ihrer Schönheit. Es war ein Jammer, daß ich, um die Sache ein für allemal zu klären, indes auch die Anzeichen von Abgefeimtheit erneut aufzählen mußte, angesichts derer meine nachmittags am See bewiesene Selbstbeherrschung geradezu einem Wunder gleichkam. Es war ein Jammer, daß ich mich gezwungen sah, sogar die Gewißheit, die ich in jenem Moment empfunden hatte, wieder zu hinterfragen und mir nochmals zu vergegenwärtigen, wie es gleich einer Offenbarung über mich gekommen war, daß das unfaßbare Einvernehmen, das ich damals mit Befremden entdeckte, für beide Beteiligten schon zur Gewohnheit geworden sein mußte. Es war ein Jammer, daß ich mit zitternder Stimme abermals die Gründe dafür benennen sollte, warum ich, in meiner

Verblendung, gar nicht erst in Zweifel gezogen hatte, die kleine Flora sehe unsere Besucherin tatsächlich so leibhaftig vor sich wie ich jetzt Mrs. Grose, wolle mich aber glauben machen, sie sehe sie nicht, während sie gleichzeitig, und ohne sich etwas anmerken zu lassen, zu ergründen trachtete, ob ich meinerseits die Frau sähe! Es war ein Jammer, daß ich mir die ominösen kleinen Manöver erneut vergegenwärtigen mußte, mit denen sie meine Aufmerksamkeit abzulenken suchte – ihre merklich gesteigerte Geschäftigkeit, der größere Spieleifer, das Geträllere, das Daherplappern von Unsinn und die Aufforderung, mit ihr herumzutollen.

Hätte ich indes diese Rückschau nicht gehalten, um zu beweisen, daß an der ganzen Sache nichts war, wären mir die zwei, drei tröstlichen Erkenntnisse entgangen, die mir schließlich noch blieben. So wäre ich zum Beispiel nicht in der Lage gewesen, meiner Freundin zu beteuern, ich sei überzeugt – was gewiß sein Gutes hatte –, daß wenigstens *ich* mich nicht verraten hätte. Ich wäre nicht darauf verfallen, getrieben von quälender Ausweglosigkeit, vom Mut der Verzweiflung – ich weiß nicht recht, wie ich es nennen soll –, dadurch weitere Hilfe bei der Aufklärung zu suchen, daß ich meine Gefährtin regelrecht mit dem Rücken an die Wand drängte. Unter Druck hatte sie mir nach und nach schon eine ganze Menge eröffnet, doch noch immer streifte, flüchtig wie der Flügel einer Fledermaus, zuweilen ein Hauch von Verdacht meine Stirn, sie enthielte mir noch immer etwas Wesentliches vor; und ich erinnere mich, daß ich bei dieser Gelegenheit spürte – das schlafende Haus schien dies ebenso zu fördern wie die geballte Wahrnehmung der drohenden Gefahr und die gespannte Aufmerksamkeit unserer Nachtwache –, nun, in jenem Augenblick spürte ich, wie wichtig es war, den Vorhang nun gleichsam mit einem letzten Ruck zur Seite zu ziehen. »Etwas derart Schreckliches glaube ich nicht«, entsinne ich mich gesagt zu haben, »nein, das steht fest, meine Liebe, so etwas glaube ich nicht. Täte ich es jedoch, so gäbe es allerdings etwas, das ich jetzt aus Ihnen herausbekommen müßte, und zwar ohne Sie auch nur im geringsten zu schonen – o nein, ohne Sie ein bißchen zu schonen! Woran dachten Sie damals kurz vor Miles' Rückkehr, als wir uns wegen des Briefs von seiner Schule Sorgen machten und Sie auf meine beharrliche Nachfrage hin erklärten, Sie würden nicht behaupten wollen, er sei buchstäblich *nie* ›ungezogen‹ gewesen? In diesen Wochen, die ich mit ihm verbracht und in denen ich ihn so eingehend beobachtet habe, ist er es wahrlich *nie* gewesen; er war vielmehr ein beständiges kleines Wunder an ergötzlicher, liebenswerter Artigkeit. Sie hätten dies also völlig zu Recht behaupten können, hätten Sie sich nicht, wie geschehen, veranlaßt gefühlt, eine Einschränkung zu machen. Was hat Sie dazu veranlaßt? Auf welche von Ihnen selbst gemachte Beobachtung bezogen Sie sich?«

Das war eine recht direkte Frage, aber unverbindliches Geschwätz war nicht unsere Art; jedenfalls hatte ich die Antwort darauf, noch ehe das Morgengrauen uns zum Auseinandergehen mahnte. Was meiner Freundin Anlaß zu Bedenken gegeben hatte, erwies sich als äußerst aufschlußreich. Es war nicht mehr und nicht weniger als der merkwürdige Umstand, daß Quint und der Junge über einen Zeitraum von mehreren Monaten hinweg ständig zusammengewesen waren. Es bewies wahrlich hinreichend, daß sie es einmal gewagt hatte, die Schicklichkeit eines dermaßen engen Umgangs in Frage zu stellen und auf das Ungehörige daran hinzuweisen, ja sogar so weit zu gehen, Miss Jessel gegenüber ihr Mißfallen offen zu bekunden. Miss Jessel hatte ihr in recht hochfahrendem Ton zu verstehen gegeben, sie solle sich gefälligst um ihre eigenen Angelegenheiten kümmern, worauf die gute Frau sich direkt an den kleinen Miles gewandt hatte. Auf mein Drängen hin verriet sie mir, sie habe ihm gesagt, daß *sie* es gerne sähe, wenn junge Herren von Stand ihre Stellung nicht vergäßen.

Natürlich setzte ich ihr jetzt nur noch heftiger zu. »Sie haben ihn daran erinnert, daß Quint nur ein gemeiner Dienstbote war?«

»So könnte man es sagen! Und seine Antwort darauf – die war ungezogen. Das war das eine.«

»Und das andere?«

Ich wartete. »Er hat Quint weitererzählt, was Sie gesagt haben?«

»Nein, das nicht. *Das* hätte er *nie* getan!« klärte sie mich auf. »Zumindest war ich davon überzeugt«, fügte sie hinzu. »Aber er hat gewisse Dinge abgestritten.«

»Was für Dinge?«

»Nun, daß sie sich geradeso aufführten, als sei Quint sein Privatlehrer – und noch dazu ein ganz großartiger – und Miss Jessel nur für das kleine Fräulein da. Daß er mit dem Kerl fortgegangen ist, meine ich, und gar manche Stunde mit ihm verbracht hat.«

»Er hat also Ausflüchte gebraucht – hat behauptet, das stimme nicht?«

Die unmißverständliche Bejahung der Frage veranlaßte mich, sogleich hinzuzufügen: »Ich verstehe. Er hat gelogen.«

»Ach!« murmelte Mrs. Grose. Damit wollte sie wohl andeuten, das sei nicht so wichtig, und tatsächlich unterstrich sie dies durch eine weitere Bemerkung. »Sehen Sie, schließlich hat Miss Jessel keinen Anstoß daran genommen. Sie hat es ihm nicht verboten.«

Ich überlegte. »Hat er das Ihnen gegenüber zu seiner Rechtfertigung angeführt?«

Bei dieser Frage sank sie wieder in sich zusammen. »Nein, er hat es nie erwähnt.«

»Er hat im Zusammenhang mit Quint nie von ihr gesprochen?«

Sie erkannte, worauf ich hinaus wollte, und errötete sichtlich. »Nun, er hat sich nichts anmerken lassen. Er stritt alles ab«, wiederholte sie. »Er stritt alles ab.«

Mein Gott, wie ich ihr jetzt zusetzte! »Woraus Sie entnahmen, daß er wußte, was zwischen den beiden erbärmlichen Kreaturen vorging?«

»Ich weiß es nicht – ich weiß es nicht!« wimmerte die Arme.

»Sie wissen es sehr wohl, Sie gute Seele«, entgegnete ich, »nur besitzen Sie nicht meine gräßliche gedankliche Kühnheit und verschweigen aus Scheu, Bescheidenheit und Taktgefühl selbst den Vorfall, der Sie in der Vergangenheit am allermeisten bedrückt hat, als Sie sich, noch ohne meinen Beistand, allein und im stillen damit herumquälen mußten. Aber ich werde es schon noch aus Ihnen herausbekommen! Etwas an dem Jungen«, behauptete ich, »ließ in Ihnen den Verdacht aufsteigen, er wisse um die Beziehung zwischen den beiden und wolle sie verheimlichen.«

»Oh, er konnte nicht verhindern ...«

»... daß Sie die Wahrheit erfuhren? Das glaube ich wohl! Aber du gütiger Himmel«, schoß es mir plötzlich mit aller Deutlichkeit durch den Kopf, »das zeigt doch nur, in welchem Maße es den beiden gelungen ist, den Jungen zu beeinflussen – was sie aus ihm gemacht haben müssen!«

»Ach, nichts, was *jetzt* noch zählte!« wandte Mrs. Grose bedrückt ein.

»Kein Wunder, daß Sie so verstört dreinblickten«, fuhr ich unbeirrt fort, »als ich Ihnen gegenüber den Brief seiner Schule erwähnte.«

»Ich bezweifle, daß ich so verstört dreingeblickt habe wie Sie!« erwiderte sie schlicht, aber mit Nachdruck. »Und wenn er damals tatsächlich so ungezogen war, wie es den Anschein hat, wie kommt es dann, daß er heute ein solcher Engel ist?«

»Ja, fürwahr ... und wenn er sich auch auf der Schule wie ein Teufel aufgeführt hat! Wie kommt es, wie nur, wie? Nun«, sagte ich in meiner Pein, »Sie müssen mir die Frage später noch einmal stellen, allerdings wird es wohl einige

Tage dauern, bis ich sie Ihnen beantworten kann. Aber stellen Sie sie mir auf jeden Fall noch einmal!« rief ich in einem Ton, der meine Freundin erstaunt aufblicken ließ. »Es gibt da Richtungen, in die ich im Augenblick noch nicht vordringen darf.« Vorerst kam ich wieder auf das zu sprechen, was Mrs. Grose vorhin als Beleg dafür angeführt hatte, daß der Junge durchaus zu einer gelegentlichen Verfehlung fähig war. »Wenn Sie Quint – während der Vorhaltungen in besagter Zeit – als gemeinen Dienstboten bezeichneten, dürfte Miles Sie wohl unter anderem darauf hingewiesen haben, daß Sie selbst nichts anderes seien.« Wieder war ihr Eingeständnis so eindeutig, daß ich sogleich hinzufügte: »Und Sie haben ihm das verziehen?«

»Hätten *Sie* es nicht getan?«

»O doch!« Und von einer kuriosen Erheiterung ergriffen, lachten wir dort in der Stille beide leise auf. Dann fuhr ich fort: »Jedenfalls, wenn Miles bei dem Mann war …«

»… war Miss Flora bei der Frau. Das kam ihnen allen entgegen!«

Und auch mir kam es, so fand ich, sehr entgegen, womit ich meine, es bestätigte mich in ebenjener unerträglichen Vorstellung, die zu hegen ich mir gerade krampfhaft zu untersagen trachtete. Immerhin gelang es mir, diese Vorstellung weitgehend für mich zu behalten, weshalb ich sie auch an dieser Stelle nicht weiter ausführen möchte, als dies durch die Erwähnung meiner letzten Bemerkung Mrs. Grose gegenüber vielleicht ohnehin geschehen ist. »Daß er gelogen hat und unverschämt war, das sind, wie ich gestehen muß, keine so zwingenden Beweise für eine Veranlagung des jungen Mannes zur Schlechtigkeit, wie ich sie von Ihnen zu hören gehofft hatte. Dennoch«, fügte ich nachdenklich hinzu, »genügen sie wohl, denn ich fühle mich durch sie mehr denn je darin bestärkt, daß ich wachsam sein muß.«

Im nächsten Augenblick errötete ich, als ich im Gesicht meiner Freundin erkannte, wie vorbehaltlos sie ihm verziehen hatte und daß ihre Schilderung als Appell an meine Weichherzigkeit gedacht war, es ihr gleichzutun. Dies sprach sie, schon im Gehen, an der Tür zum Schulzimmer an. »Sicherlich machen Sie es nicht *ihm* zum Vorwurf …«

»… daß er einen Umgang pflegt, den er vor mir verheimlicht? Aber nein. Seien Sie versichert, ehe nicht neue Beweise vorliegen, mache ich niemandem irgend etwas zum Vorwurf.« Und bevor ich dann hinter ihr die Tür zu dem Korridor schloß, durch den sie in ihr Zimmer zurückkehrte, erklärte ich abschließend: »Ich muß einfach abwarten.«

IX

Ich wartete und wartete, und mit der Zeit legte sich meine Bestürzung etwas. Tatsächlich genügten ein paar wenige Tage, die, in ständiger Nähe meiner Zöglinge verbracht, ohne einen neuerlichen Zwischenfall verstrichen, um bedrückende Vorstellungen und sogar bittere Erinnerungen gleichsam wie mit einem Schwamm wegzuwischen. Ich habe schon erwähnt, daß ich die Kapitulation vor der außerordentlichen kindlichen Anmut meiner Schützlinge in meinem Inneren bewußt herbeiführen konnte, und es ist wohl nur zu verständlich, daß ich es in der damaligen Situation nicht versäumte, zu diesem Mittel zu greifen, um mir alle Linderung zu verschaffen, die es zu gewähren vermochte. Befremdlicher, als ich es auszudrücken vermag, war freilich mein Bemühen, gegen meine neuen Einsichten anzukämpfen. Dieses Bemühen hätte indes zweifellos zu einer noch größeren Anspannung geführt, wäre es nicht so häufig von Erfolg gekrönt gewesen. Ich fragte mich oft, was meine Schützlinge davon abhielt zu erraten, daß ich sie mit befremdlichen Dingen in Verbindung brachte, zumal der Umstand, daß diese Dinge sie nur noch anziehender machten, nicht unbedingt dazu angetan war, sie darüber im dunkeln zu lassen. Ich zitterte vor Angst, sie könnten merken, daß sie so unendlich an Reiz gewonnen hatten. Wenn ich mir, wie ich es in Gedanken häufig tat, für alle Fälle schon einmal das Schlimmste ausmalte, schien mir – schuldlos und dem Schicksal ausgeliefert, wie sie es waren – jeder Schatten, der auf ihre Unschuld fiel, nur ein Grund mehr, Wagnisse einzugehen. Es gab Augenblicke, da mußte ich sie, einem unwiderstehlichen Trieb folgend, einfach umarmen und an mein Herz drücken. Kaum hatte ich dies getan, fragte ich mich jedesmal: »Was mögen sie bloß denken? Verrät es nicht zuviel?« Es wäre leicht gewesen, in arge, ernsthafte Verwirrung darüber zu geraten, ob ich nicht etwa zuviel verriet; die eigentliche Erklärung für die friedvollen Stunden, die mir zuweilen noch vergönnt waren, liegt meines Erachtens indes darin, daß der von meinen Schützlingen ausgehende Zauber selbst dann noch eine betörende Wirkung auf mich ausübte, als mir allmählich klar wurde, daß er einstudiert sein mochte. Denn war mir einerseits der Gedanke gekommen, ich könnte durch die gelegentlichen stürmischen Bekundungen meiner Gefühle für sie ihren Argwohn wecken, so erinnere ich mich doch auch, daß ich mich gefragt hatte, ob ich nicht in der spürbaren Zunahme *ihrer* Gefühlsäußerungen etwas Merkwürdiges zu sehen hätte.

Flora und Miles begegneten mir zu jener Zeit mit einer überschwenglichen, fast schon unnatürlichen Zuneigung, was, wie ich mir überlegte, wohl nur eine rührende Reaktion von Kindern war, die stets liebevolle Zuwendung erfuhren und immerfort geherzt wurden. Die Verehrung, die sie mir so freigebig entgegenbrachten, trug tatsächlich zur Beruhigung meiner Nerven bei; es war, als hätte sich mir nie der Eindruck aufgedrängt, die beiden sozusagen buchstäblich dabei zu ertappen, daß sie mit ihrem Verhalten eine Absicht verbanden. Wohl nie zuvor waren sie derart erpicht darauf gewesen, ihrer armen Beschützerin so viel zu Gefallen zu tun; damit meine ich – außer dem Umstand, daß sie ihre Lektionen immer besser lernten, was dieser natürlich am meisten Freude bereitete – ihr Bestreben, sie zu ergötzen, zu unterhalten und zu verblüffen; ihr Abschnitte aus Büchern vorzulesen, Geschichten zu erzählen, Scharaden aufzuführen, sie, als Tiere oder historische Gestalten verkleidet, zu überraschen und sie vor allen Dingen in Staunen zu versetzen über die »Stücke«, die sie heimlich auswendig gelernt hatten und endlos aufsagen konnten. Selbst heute würde ich, wenn ich mich darauf einließe, nie zum Ende kommen mit der Schilderung unzähliger vertraulicher Kommentare, allesamt noch vertraulicheren Berichtigungen unterzogen, mit denen ich damals ihre so ausgefüllten Stunden begleitete. Von Anfang an hatten sie eine natürliche Veranlagung für alles bewiesen, eine breitgefächerte Begabung, die sich nun, einen neuen Anlauf nehmend, zu bemerkenswerten Höhenflügen aufschwang. Die Kinder widmeten sich ihren kleinen Aufgaben, als bereiteten sie ihnen größtes Vergnügen; einfach aus dem Überschwang ihrer Begabung heraus gaben sie ganz und gar unaufgefordert kleine Wunder an Gedächtnisleistungen zum besten. Sie tauchten nicht nur plötzlich als Tiger und als Römer vor mir auf, sondern ebenso als Shakespeare-Figuren, Astronomen und Seefahrer. Dies alles war so einzigartig, daß es eine Folge zeitigte, für die ich bis heute keine andere Erklärung zu finden vermag: Ich spiele auf meine unnatürliche Gelassenheit in der Frage einer neuen Schule für Miles an. Ich erinnere mich, daß ich für den Augenblick nur allzu gern bereit war, diesbezüglich nichts zu unternehmen, und diese Bereitschaft muß unter dem Eindruck seiner fortwährend so nachdrücklich unter Beweis gestellten Klugheit entstanden sein. Er war zu klug, als daß eine unfähige Gouvernante, eine Pfarrerstochter, ihm hätte schaden können; und der seltsamste, wenn auch nicht der leuchtendste Faden in dem Gedankengespinst, von dem ich gerade sprach, war die Vermutung, wäre ich nur beherzt genug gewesen, der Sache auf den Grund zu gehen, hätte ich erkannt, daß mein Schützling einem Einfluß ausgesetzt war, der auf seinen kindlichen Verstand als ungeheurer Ansporn wirkte.

Gelangte man einerseits unschwer zu dem Schluß, ein solcher Junge könne den Schulbesuch getrost aufschieben, so war andererseits ebenso unverkennbar, daß der »Hinauswurf« eines derartigen Jungen durch einen Schulleiter ein unlösbares Rätsel darstellte. Lassen Sie mich hinzufügen, daß ich in der Gesellschaft der Kinder – und ich achtete sorgsam darauf, sie so gut wie nie allein zu lassen – keiner Spur sehr weit nachgehen konnte. Wir lebten in einer Wolke von Musik und gegenseitiger Zuneigung, von frohem Gelingen und zu unserem eigenen Vergnügen veranstalteten Theateraufführungen. Die musikalische Begabung war bei beiden Kindern außerordentlich ausgeprägt, doch vor allem das ältere hatte ein erstaunliches Talent, eine Melodie zu erfassen und wiederzugeben. Das Klavier im Schulzimmer erbebte unter den abenteuerlichsten Phantasien; verlor das seinen Reiz, kam es zu geflüsterten Unterredungen in Zimmerecken, die stets damit endeten, daß eines der Kinder ausgesprochen vergnügt hinausging, um dann als etwas ganz anderes wieder »aufzutreten«. Ich hatte selbst Brüder gehabt, und es war für mich keine Offenbarung, daß kleine Mädchen kleine Jungen geradezu abgöttisch verehren konnten. Was jedoch alle meine bisherige Erfahrung überstieg, war der Umstand, daß es anscheinend einen kleinen Jungen auf der Welt gab, der eine derart feinfühlige Rücksichtnahme auf die Unterlegenheit des Alters, des Geschlechts und des Verstandes aufzubringen vermochte. Die Geschwister waren ungewöhnlich einig miteinander, und einfach zu sagen, sie stritten oder beklagten sich niemals, wäre ein allzu plumpes Lob der ihnen eigenen Sanftheit und Liebenswürdigkeit gewesen. Zuweilen (wenn ich in

Plumpheit verfiel) meinte ich freilich Spuren von heimlichen Absprachen zwischen ihnen zu entdecken, daß eines der Kinder mich ablenken sollte, während das andere sich fortstahl. Vermutlich bedarf alle Diplomatie eines naiven Mitspielers, doch wenn meine Schützlinge mit mir ihr Spiel trieben, dann gewiß mit einem Minimum an Schändlichkeit. Die Schändlichkeit kam, nach einer kurzen Atempause, ausschließlich von der anderen Seite.

Ich stelle fest, daß ich mit meinem Bericht ernsthaft in Rückstand geraten bin, und ich muß den Sprung nun wagen, vor dem ich bisher zurückschreckte. Wenn ich mit meiner Schilderung der gräßlichen Ereignisse auf Bly fortfahre, dann fordere ich damit nicht nur selbst die vorurteilsfreisten Gemüter heraus – woran mir wenig liegt –, sondern (und das ist etwas ganz anderes) ich durchlebe erneut, was ich damals erlitten habe, gehe meinen furchtbaren Weg noch einmal bis ans Ende. Denn es kam plötzlich eine Stunde, von der an, so scheint es mir im Rückblick, alles nur noch bloßes Leiden war; ich bin jedoch zumindest zum Kern der Sache vorgedrungen, und der direkteste Weg, um wieder hinauszugelangen, ist zweifellos die Flucht nach vorne. Eines Abends spürte ich – ohne jedwede Vorankündigung oder Vorwarnung – den kalten Hauch des Eindrucks, der mich in der Nacht nach meiner Ankunft gestreift hatte und der sich, da er, wie erwähnt, damals äußerst flüchtig gewesen war, meinem Gedächtnis wohl kaum besonders eingeprägt hätte, wäre mein weiterer Aufenthalt weniger aufregend verlaufen. Ich war noch nicht zu Bett gegangen; ich saß im Schein zweier Kerzen und las. Es gab auf Bly ein ganzes Zimmer voller alter Bücher – darunter auch Romane aus dem vergangenen Jahrhundert, von denen zwar ihr ausgesprochen abträglicher Ruf, aber niemals auch nur ein einziges Exemplar in das weltabgeschiedene Zuhause meiner Jugend vorgedrungen war und die meine uneingestandene Neugier geweckt hatten. Ich erinnere mich, daß es sich bei dem

Buch, das ich in der Hand hatte, um Fieldings *Amelia* handelte, ebenso daran, daß ich hellwach war. Weiter erinnere ich mich an meine feste Überzeugung, es müsse schon schrecklich spät sein, sowie an einen sonderbaren Widerwillen, auf meine Uhr zu schauen. Schließlich sehe ich den weißen Vorhang noch vor mir, der nach damaliger Mode das Kopfende von Floras Bettchen schmückte und, wie ich mich schon eine ganze Weile zuvor vergewissert hatte, das vollkommene Bild kindlichen Schlafs verbarg. Kurz, ich entsinne mich, daß ich, obschon zutiefst gefesselt von meinem Autor, beim Umblättern einer Seite und abrupt seinem Bann entrissen, den Blick hob und zur Zimmertür hinüberstarrte. Einen Moment lang lauschte ich angespannt, denn ich fühlte mich an die flüchtige Wahrnehmung in der ersten Nacht erinnert, als ich das unbestimmte Gefühl gehabt hatte, im Haus gehe irgend etwas Unerklärliches vor, und ich bemerkte, wie der durch den offenen Fensterflügel verursachte sanfte Luftzug die nur halb heruntergelassene Jalousie ein ganz klein wenig bewegte. Mit allen Anzeichen einer Umsicht, die sich großartig ausgenommen haben müßte, wäre jemand dagewesen, sie zu bewundern, legte ich mein Buch beiseite, erhob mich, griff nach einer Kerze, ging geradenwegs aus dem Zimmer und schloß draußen auf dem Flur, wo mein Licht wenig ausrichtete, geräuschlos die Tür hinter mir ab.

Ich vermag heute weder zu sagen, was mich dazu veranlaßte, noch zu erklären, was mich ausgerechnet diesen Weg wählen ließ, doch ging ich, die Kerze hochhaltend, den Korridor entlang, bis ich des hohen Fensters ansichtig wurde, welches das große Zwischenpodest im Treppenhaus beherrschte. In diesem Augenblick wurden mir jäh drei Dinge bewußt. Auch wenn ich sie scheinbar gleichzeitig wahrnahm, so folgten sie genaugenommen doch in Blitzesschnelle aufeinander. Mit einem kühnen letzten Aufflackern erlosch meine Kerze, und dank des vorhanglosen Fensters merkte ich, daß das erste Heraufdämmern des

Morgens sie überflüssig machte. Auch ohne sie wußte ich im nächsten Moment, daß sich jemand auf der Treppe befand. Ich spreche zwar von einer zeitlichen Abfolge, doch brauchte ich nur Sekundenbruchteile, um mich für eine dritte Begegnung mit Quint zu wappnen. Die Erscheinung hatte den Treppenabsatz auf halber Höhe erreicht und somit die Stelle, die dem Fenster am nächsten war. Dort blieb sie bei meinem Anblick abrupt stehen und starrte mich ebenso unverwandt an, wie sie mich vom Turm herunter und vom Garten aus angestarrt hatte. Quint erkannte mich genauso wie ich ihn, und im kalten, blassen Dämmerlicht, dessen schwacher Schimmer durch das hohe Fenster fiel und auf der polierten Eichentreppe darunter einen Widerschein erzeugte, standen wir uns mit gespannter Eindringlichkeit gegenüber. Diesmal war Quint von einer ganz und gar abstoßenden, bedrohlichen Leibhaftigkeit. Doch das war nicht das eigentlich Verwunderliche; diese Auszeichnung behalte ich einem anderen Umstand vor, dem Umstand nämlich, daß unverkennbar alle Furcht von mir abgefallen war und daß es nichts mehr gab, was mich davor zurückschrecken ließ, ihm entgegenzutreten und ihn eingehend zu mustern.

Nach diesem denkwürdigen Moment empfand ich zwar großes Unbehagen, aber gottlob keinerlei Angst. Und er wußte, daß ich keine Angst mehr hatte – das wurde mir in Sekundenschnelle mit wunderbarer Deutlichkeit bewußt. In einer ungestümen Anwandlung von Selbstvertrauen glaubte ich, ich würde – zumindest für den Augenblick – nicht mehr mit ihm rechnen müssen, wenn ich jetzt nur eine Minute lang standhielte; und während dieser Minute war das Ganze dann auch so menschlich und so gräßlich wie ein Zusammentreffen im wirklichen Leben: gräßlich gerade deshalb, weil es menschlich *war*, so menschlich, als wäre ich in einem Haus, dessen Bewohner alle schliefen, mitten in der Nacht ganz allein einem Feind, einem Abenteurer, einem Verbrecher begegnet. Nur die Totenstille während unseres langen Blicks, auf so geringe Entfernung getauscht, verlieh dem ganzen Grauen, so maßlos es auch war, einen Anstrich von Unnatürlichkeit. Wäre ich an einem solchen Ort und zu einer solchen Stunde einem Mörder begegnet, so hätten wir doch wenigstens ein paar Worte gewechselt. Irgend etwas wäre, im wirklichen Leben, zwischen uns vorgegangen; und wäre nichts geschehen, hätte sich einer von uns entfernt. Der Augenblick zog sich derart in die Länge, daß nicht mehr viel gefehlt hätte, um in mir Zweifel aufkommen zu lassen, ob ich selbst denn überhaupt noch am Leben sei. Was danach folgte, vermag ich nicht zu beschreiben; ich kann nur sagen, daß ebendiese Stille – die ja gewissermaßen einen Beweis für meine Stärke darstellte –, zu dem Element wurde, in welches ich die Gestalt entschwinden sah; ich sah deutlich, wie sie sich darin umdrehte – so deutlich, als hätte ich den niederträchtigen Kerl, dem diese Gestalt einst gehört hatte, dabei beobachtet, wie er sich nach der Entgegennahme eines Befehls umdrehte; und meinen Blick auf den schändlichen Rücken geheftet, den kein Buckel hätte mehr verunstalten können, sah ich, wie die Gestalt die Treppe hinunter- und in die Dunkelheit hineinging, in der sich die nächste Biegung verlor.

X

Ich blieb noch eine Weile oben an der Treppe stehen, gelangte jedoch recht schnell zu der Einsicht, daß mein Besucher endgültig gegangen war; dann kehrte ich in mein Zimmer zurück. Dort fiel mir im Schein der Kerze, die ich hatte brennen lassen, als erstes auf, daß Floras Bettchen leer war, und schlagartig erfüllt von der ganzen Angst, der ich mich fünf Minuten zuvor noch so erfolgreich widersetzt hatte, hielt ich den Atem an. Ich stürzte zu der Stelle, an der ich das Kind schlafend zurückgelassen hatte und um die die weißen Vorhänge zugezogen worden waren, um mich zu täuschen – denn die kleine seidene Steppdecke war zurückgeschlagen, die Bettücher waren zerwühlt. Dann aber wurde zu meiner unsäglichen Erleichterung das Geräusch meiner Schritte von einem anderen Geräusch beantwortet: Ich bemerkte, daß die Fensterjalousie sich bewegte, und schon kam, sich bükkend und mit rosigen Wangen, das Kind dahinter hervor. Mit seinen bloßen rosaroten Füßchen und dem goldenen Glanz seiner Locken stand es in seinem Nachthemdchen und in all seiner treuherzigen Unschuld da. Die Kleine machte eine äußerst ernste Miene, und noch nie hatte ich ein so deutliches Gefühl gehabt, einen schon sicher geglaubten Vorteil wieder einzubüßen (der mich gerade eben noch mit einem so außerordentlichen Hochgefühl beseelt hatte) als in dem Augenblick, da ich ihre vorwurfsvolle Frage vernahm: »Sie Böse, wo sind Sie denn gewesen?« Anstatt sie wegen *ihrer* Ungehörigkeit zu tadeln, sah ich mich meinerseits an den Pranger gestellt und genötigt, Erklärungen abzugeben. Was letzteres anlangt, so erklärte Flora ihrerseits ihr Verhalten voller Eifer und mit der bezauberndsten Arglosigkeit. Sie habe, wie sie so im Bett lag, plötzlich gemerkt, daß ich mich nicht mehr im Zimmer befände; da sei sie sofort aufgestanden, um nachzusehen, wo ich geblieben sei. Vor Freude über ihr Wiederauftauchen war ich in meinen Sessel gesunken – denn ich fühlte mich jetzt, wirklich erst jetzt, doch ein wenig schwach; Flora war sogleich zu mir herübergetrippelt, hatte sich mir in den Schoß geworfen und überließ sich dort meiner Umarmung, derweil der Schein der Kerze voll auf ihr wunderschönes, noch immer vom Schlaf gerötetes Gesichtchen fiel. Ich erinnere mich, daß ich meine Augen, gleichsam vor dem Übermaß an Schönheit, das mir aus dem Blau der ihren entgegenstrahlte, ergeben, ja ergriffen, eine

Sekunde lang schloß. »Du hast vom Fenster aus nach mir Ausschau gehalten?« fragte ich. »Du hast gedacht, ich ginge vielleicht im Park spazieren?«

»Nun ja, wissen Sie, ich dachte, da sei jemand …« Sie erbleichte nicht ein bißchen, während sie mir das lächelnd ins Gesicht sagte.

O wie ich sie jetzt ansah! »Und hast du jemanden gesehen?«

»Aber *nein*!« versetzte sie (mit dem vollen Vorrecht kindlicher Inkonsequenz) beinahe ungehalten, wenn auch mit betonter Liebenswürdigkeit in ihrer langgezogenen Verneinung.

In der nervlichen Verfassung, in der ich mich damals befand, war ich zutiefst davon überzeugt, daß Flora log; und wenn ich erneut die Augen schloß, so diesmal vor Verwirrung angesichts der drei oder vier Möglichkeiten, die sich mir für mein weiteres Vorgehen aufdrängten. Eine dieser Möglichkeiten schien mir einen Moment lang derart verlockend, daß ich, um der Versuchung zu widerstehen, meine Kleine geradezu krampfhaft an mich drückte, was sie zu meinem Erstaunen ohne einen Laut oder ein Zeichen von Verängstigung über sich ergehen ließ. Warum sie nicht gleich zur Rede stellen und alles hinter mich bringen? Warum es ihr nicht geradewegs in ihr allerliebstes, vom Kerzenlicht angestrahltes Gesichtchen sagen? »Du siehst etwas, du siehst wunderliche Dinge, du *weißt*, daß du wunderliche Dinge siehst, und du argwöhnst schon, ich wisse es ebenfalls. Warum gibst du es mir gegenüber dann nicht offen zu, damit wir wenigstens gemeinsam damit leben und vielleicht erkennen können, woran wir angesichts der Befremdlichkeit unseres Schicksals sind und was es zu bedeuten hat?« Aber ach! dieses ungestüme Verlangen schwand, wie es gekommen war; wäre ich imstande gewesen, ihm auf der Stelle nachzugeben, wäre es mir vielleicht erspart geblieben – nun, man wird noch sehen, was. Anstatt ihm nachzugeben, stand ich wieder auf, sah zu Floras Bettchen hinüber und schlug etwas hilflos einen Mittelweg ein. »Warum hast du den Vorhang vorgezogen, um mich glauben zu machen, du wärest noch dort?«

Flora überlegte, übers ganze Gesicht strahlend, dann erklärte sie mit dem ihr eigenen göttlichen Lächeln: »Weil ich Sie nicht gerne erschrecke!«

»Wenn ich aber doch, wie du glaubtest, hinausgegangen war ...?«

Sie ließ sich dadurch nicht im geringsten in Verlegenheit bringen; sie wandte sich der Kerze zu und schaute in die Flamme, als sei die Frage so belanglos, oder jedenfalls so unpersönlich, wie Mrs. Marcet oder das kleine Einmaleins. »Nun, aber Sie hätten doch jederzeit zurückkommen können«, entgegnete sie durchaus zutreffend, »wie Sie es dann ja auch taten, Sie Gute!« Und als sie nach einer Weile wieder zu Bett gegangen war, mußte ich mich ganz nah zu ihr setzen, um ihre Hand zu halten und noch lange zu beteuern, daß sie natürlich mit meiner Rückkehr hatte rechnen müssen.

Man kann sich vorstellen, wie fortan meine Nächte aussahen. Wiederholt blieb ich, ich weiß nicht, wie lange, auf; ich wählte Augenblicke, in denen meine Zimmergenossin fest schlief, um mich hinauszustehlen und im Flur lautlos auf und ab zu gehen. Ich wagte mich sogar bis an die Stelle meiner letzten Begegnung mit Quint vor. Doch ich begegnete ihm dort nie wieder, und ich kann genausogut hier schon vorwegnehmen, daß ich ihn im Haus überhaupt nie mehr sah. Dennoch entging ich eines Nachts auf der Treppe nur um Haaresbreite einem anderen unerwarteten Zusammentreffen. Als ich von oben hinunterschaute, bemerkte ich eine Frauengestalt, die, mir den Rücken zukehrend, den Oberkörper halb vorgebeugt und das Gesicht in leiderfüllter Haltung hinter den Händen verborgen, auf einer der untersten Stufen saß. Ich hatte jedoch gerade erst eine Sekunde dort auf dem Treppenabsatz gestanden, als sie verschwand, ohne sich nach mir umzudrehen. Trotzdem wußte ich genau, was für ein grauenvolles Antlitz sich mir gezeigt hätte; und ich fragte mich, ob ich wohl, wäre ich dort unten statt oben gewesen, den gleichen Mut besessen hätte, wie ich ihn vor kurzem Quint gegenüber bewiesen hatte, und die Treppe hinaufgegangen wäre. Nun, mein Mut sollte auch weiterhin ausgiebig auf die Probe gestellt werden. In der elften Nacht nach meiner letzten Begegnung mit diesem Herrn – die Nächte wurden jetzt alle gezählt und numeriert – versetzte mich ein Vorfall in Aufregung, der einer solchen Begegnung gefährlich nahekam und der mir, weil er mich so völlig unerwartet traf, wahrlich den bisher schlimmsten Schrecken einjagte. Es war in dieser Reihe fortlaufend numerierter Nächte just die erste Nacht, in der ich, vom vielen Wachen erschöpft, zu der Ansicht gelangt war, ich könnte mich wieder einmal zu der früher gewohnten Stunde hinlegen, ohne mich damit einer Nachlässigkeit schuldig zu machen. Ich schlief denn auch auf der Stelle ein und, wie ich später feststellte, bis gegen ein Uhr; dann aber ließ irgend etwas mich aufschrecken: Ich fuhr hoch und war schlagartig so wach, als hätte eine Hand mich aus dem Schlaf gerüttelt. Ich hatte eine Kerze brennen lassen; jetzt war sie aus, und ich verspürte augenblicklich die Gewißheit, daß Flora sie gelöscht hatte. Dies brachte mich unverzüglich auf die Beine und ließ mich im Dunkeln an ihr Bett eilen, das sie, wie ich sogleich bemerkte, verlassen hatte. Ein Blick zum Fenster verschaffte mir weitere Klarheit, und das Anzünden eines Streichholzes rundete das Bild ab.

Das Kind war abermals aufgestanden und hatte sich, nachdem es diesmal die Kerze ausgeblasen hatte, erneut hinter die Jalousie gezwängt, um aus eigenem Antrieb oder durch irgend etwas angezogen Ausschau zu halten. Dort stand es nun und spähte in die Nacht hinaus. Daß Flora diesmal etwas sah – und zwar im Unterschied zum letzten Mal, wie ich inzwischen überzeugt war –, wurde für mich durch den Umstand bestätigt, daß sie sich weder durch das neuerliche Anzünden der Kerze noch durch die Hast stören ließ, mit der ich in meine Pantoffeln schlüpfte und mir einen Schal umlegte. Verborgen, geschützt, ganz in sich versunken stützte sie sich offenbar auf die Fensterbank – der Fensterflügel ging nach außen auf – und gab sich dem Anblick hin, der sich ihr draußen bot. Ein großer heller Mond kam ihr dabei zustatten; er spielte auch bei meiner unverzüglich getroffenen Entscheidung eine Rolle. Flora befand sich von Angesicht zu Angesicht der Erscheinung gegenüber, die wir am See gesehen hatten, und konnte nun mit dieser Zwiesprache halten, was ihr damals nicht möglich gewesen war. *Mein* Anliegen mußte es jetzt sein, ohne das Kind aufzuschrecken, über den Flur an irgendein anderes Fenster zu gelangen, das auf die gleiche Seite hinausging. Ich erreichte die Tür, ohne daß Flora mich hörte; ich ging hinaus, schloß die Tür hinter mir und lauschte auf ein Geräusch aus dem Zimmer. Während ich dort auf dem Flur stand, war mein Blick auf die nur zehn Schritte entfernte Tür zum Zimmer ihres Bruders gerichtet, die auf unbeschreibliche Weise in mir erneut jenes befremdliche Verlangen aufsteigen ließ, von dem ich vorhin als einer großen Versuchung gesprochen habe: Was wäre, wenn ich einfach hineinginge und an *sein* Fenster träte? Was, wenn ich ihm auf die Gefahr hin, ihn in kindliche Verwirrung zu stürzen, den Grund für mein Handeln enthüllte und dank dieser meiner Kühnheit das ganze Geheimnis gleichsam an die Kandare zu nehmen vermöchte?

Dieser Gedanke war so verlockend, daß er mich veranlaßte, bis zur Schwelle von Miles' Zimmer hinüberzugehen; dort hielt ich wieder inne. Ich lauschte mit geradezu übernatürlicher Anspannung; ich stellte mir vor, was drinnen an Unheilvollem vor sich gehen mochte, fragte mich, ob auch sein Bett leer wäre und er ebenfalls heimlich Ausschau hielte. Es war eine aufwühlende, unendlich scheinende Minute; danach hatte sich mein Verlangen, ihn zur

Rede zu stellen, verflüchtigt. Alles war ruhig; der Junge war vielleicht unschuldig; das Wagnis war viel zu groß; ich wandte mich zum Gehen. Im Park draußen befand sich eine Gestalt – eine Gestalt, die dort auf einen bestimmten Anblick lauerte, die Gestalt, mit der Flora beschäftigt war; doch dies war nicht der Besucher, der sich vor allem für meinen Jungen interessierte. Ich zögerte erneut, diesmal jedoch aus anderen Gründen und auch nur ein paar Sekunden; dann hatte ich meinen Entschluß gefaßt. Es gab auf Bly genügend unbewohnte Zimmer, und es kam nur darauf an, das richtige zu wählen. Als das richtige erschien mir sogleich das untere – wenn auch noch immer hoch über dem Garten gelegene – in dem massiven Anbau, den ich als den alten Turm bezeichnet habe. Es handelte sich um einen ansehnlichen quadratischen, mit einigem Prunk als Schlafzimmer eingerichteten Raum, dessen übermäßige Größe ihn so unwohnlich machte, daß er, obschon von Mrs. Grose in vorbildlichem Zustand gehalten, seit Jahren nicht benutzt worden war. Ich hatte ihn oft bewundert und kannte mich in ihm aus; ich brauchte ihn, nach einem kurzen Zaudern angesichts der frostigen, unbewohnten Finsternis, nur zu durchqueren und in aller Ruhe einen der Fensterläden zu entriegeln. Sowie ich dies bewältigt hatte, klappte ich den Laden lautlos auf und preßte das Gesicht an die Scheibe; da draußen die Dunkelheit bei weitem nicht so undurchdringlich war wie im Zimmer, konnte ich erkennen, daß mir das Fenster Ausblick in die gewünschte Richtung gewährte. Dann erkannte ich noch etwas. Das Mondlicht machte die Nacht ungewöhnlich hell und ließ mich auf dem Rasen eine auf die Entfernung klein wirkende Person ausmachen, die reglos und wie gebannt dastand und zu mir heraufblickte – das heißt, nicht direkt zu der Stelle, an der ich aufgetaucht war, sondern vielmehr auf etwas, was sich offenbar über mir befand. Über mir befand sich zweifellos noch jemand – da war jemand auf dem Turm; doch das Wesen unten auf dem Rasen war keineswegs die Person, die anzutreffen ich erwartet hatte und deretwegen ich hierher geeilt war. Das Wesen auf dem Rasen – mir wurde ganz übel, als ich es erkannte – war niemand anderes als der arme kleine Miles.

XI

Erst spät am nächsten Tag sprach ich mit Mrs. Grose; die Unerbittlichkeit, mit der ich meine Zöglinge im Blick behielt, machte es oft schwierig, mich mit ihr unter vier Augen zu treffen; dies um so mehr, als wir beide spürten, wie wichtig es war, weder bei den Dienstboten noch bei den Kindern den Verdacht zu erwecken, wir verheimlichten ihnen irgend etwas Beunruhigendes oder tauschten Geheimnisse aus. Was das betraf, so empfand ich allein schon Mrs. Grose' gelassene Miene als enorme Beruhigung. Bisher gab nichts in ihrem gutmütigen Gesicht anderen auch nur den kleinsten Hinweis auf meine entsetzlichen Enthüllungen. Ich war davon überzeugt, daß sie mir vorbehaltlos glaubte; ich weiß nicht, was aus mir geworden wäre, hätte sie es nicht getan, denn allein hätte ich die Last nicht zu tragen vermocht. Allerdings bot sie ein beeindruckendes Beispiel dafür, welch ein Segen ein Mangel an Vorstellungskraft sein kann, und wenn sie an unseren kleinen Schützlingen nichts weiter gewahrte als deren Schönheit und Liebenswürdigkeit, deren Frohsinn und Klugheit, mußten ihr die eigentlichen Ursachen meiner Besorgnis weitgehend verborgen bleiben. Hätten Flora und Miles auch nur im geringsten sichtbaren Schaden genommen oder Anzeichen von Bedrückung gezeigt, hätte sie, auf der Suche nach den Gründen dafür, zweifellos bald ebenso abgehärmt ausgesehen wie die beiden Kinder. So wie die Dinge aber lagen, spürte ich deutlich:

Wenn sie, die kräftigen weißen Arme verschränkt und mit der gewohnten heiteren Gelassenheit in ihrem Gebaren, die Kinder betrachtete, dankte sie Gott für das, was von ihnen übrig bliebe und was ihr scheinbar genügte, sollten sie auch ins Verderben stürzen. Ein gelegentliches Aufflakkern ihrer Phantasie ging schnell in das beständige, ruhige Glimmen eines Kaminfeuers über, das gleichsam ihr Wesen prägte, und ich hatte bereits bemerkt, daß mit der zunehmenden Festigung ihrer Überzeugung, unsere beiden Kleinen könnten – da die Tage ohne erkennbaren Zwischenfall verstrichen – wohl doch selbst auf sich aufpassen, ihre größte Sorge dem traurigen Fall galt, den die Stellvertreterin des Vormunds ihrerseits darstellte. Das machte die Sache für mich wesentlich einfacher: Ich konnte mich nämlich durchaus dafür verbürgen, daß mein Gesicht der Welt nichts verraten würde, aber unter den gegebenen Umständen wäre es doch eine gewaltige zusätzliche Sorge gewesen, hätte ich mir auch noch um das ihre Gedanken machen müssen.

Zu der Stunde, von der ich jetzt spreche, hatte sie sich auf mein Drängen hin auf der Terrasse zu mir gesellt, wo die Nachmittagssonne dank der fortgeschrittenen Jahreszeit nun angenehm war; dort saßen wir beieinander, während vor uns in einiger Entfernung, aber stets in unserer Rufweite, die Kinder in einer ihrer fügsamsten Launen umherspazierten. Gemächlich und einträchtig schlenderten sie unten über den Rasen; der Junge hatte einen Arm um seine Schwester gelegt, um enge Fühlung mit ihr zu halten, und las ihr im Gehen aus einem Märchenbuch vor. Mrs. Grose beobachtete sie mit sichtlichem Wohlgefallen; dann bemerkte ich das mühsam unterdrückte geistige Aufstöhnen, mit dem sie sich gewissenhaft mir zuwandte, um durch mich einen Blick auf die Kehrseite des Wandteppichs zu tun. Ich hatte ihr, weiß Gott, unheimliche Dinge anvertraut, doch in ihrer Geduld, die sie mir angesichts meiner Pein entgegenbrachte, lag eine sonderbare Anerkennung meiner Überlegenheit – sowohl meiner Bildung als auch meiner Stellung. Sie bot sich meinen Enthüllungen dar, wie sie mir eine große saubere Kasserolle entgegengestreckt hätte, wäre es mir eingefallen, irgendein Hexengebräu zusammenzurühren und es mit Überzeugung anzupreisen. Ganz von dieser Haltung eingenommen hörte sie mir aufmerksam zu, als ich im Verlauf meiner Schilderung der nächtlichen Ereignisse auf das zu sprechen kam, was Miles zu mir gesagt hatte, als ich hinuntergegangen war und ihn ins Haus zurückgebracht hatte, nachdem ich ihn zu so ungeheuerlicher Stunde fast an genau der gleichen Stelle erblickt hatte, an der er sich jetzt befand; da es mir dringend geboten erschienen war, nicht das ganze Haus in Unruhe zu versetzen, hatte ich mich dort am Fenster anstelle eines mit mehr Lärm verbundenen Vorgehens für das Hinuntergehen entschieden. Ich hatte Mrs. Grose unterdessen nicht im geringsten Zweifel darüber gelassen, daß ich nur wenig Hoffnung hegte, selbst ihr, die sie doch wahrlich mitfühlendes Verständnis zeigte, mit Erfolg vermitteln zu können, was ich angesichts der unbestreitbaren Findigkeit empfand, mit der der Junge den unmißverständlichen Vorhaltungen begegnete, die ich ihm nach unserer Rückkehr ins Haus schließlich machte. Sowie ich im Mondschein auf der Terrasse aufgetaucht war, war er auf kürzestem Wege zu mir gelaufen gekommen, worauf ich ihn ohne ein Wort an der Hand genommen und ihn durch das dunkle Haus geführt hatte, die Treppe hinauf, auf der Quint so begierig auf ihn gewartet, und durch den Flur, in dem ich gelauscht und gezittert hatte, bis wir zu guter Letzt sein verlassenes Zimmer erreichten.

Auf dem ganzen Weg war keine Silbe zwischen uns gewechselt worden, und ich hatte mich gefragt – ach, wie sehr hatte ich mich gefragt! –, ob er sich sein schreckliches kindliches Hirn nach einer überzeugenden, nicht allzu abstrusen Erklärung zermarterte. Dies würde seine Erfindungsgabe zweifellos auf eine harte Probe stellen, und ich verspürte ein seltsames prickelndes Gefühl des Triumphes angesichts der Bedrängnis, in der er sich dieses Mal unbestreitbar befand. Es war ein gefährlicher Stolperstein in dem Spiel, bei dem er bisher so erfolgreich gewesen war. Er konnte nicht länger den allzeit artigen Jungen spielen, geschweige denn in Anspruch nehmen, das tatsächlich zu sein; wie zum Teufel sollte er sich also aus dieser verworrenen Lage befreien? Freilich hämmerte mit dem ungestümen Pochen dieser Überlegung gleichzeitig die stumme Frage auf mich ein, wie zum Teufel ich selbst mich da herauswinden sollte. Nun war ich schließlich also doch noch gezwungen, das Wagnis einzugehen, das mit einer Preisgabe meiner eigenen gräßlichen Beobachtungen verbunden war. In der Tat erinnere ich mich, wie mir beim Betreten von Miles' kleinem Zimmer, wo das Bett völlig unberührt dastand und das nicht abgedunkelte Fenster so viel Mondlicht hereinließ, daß sich das Anzünden eines Streichholzes erübrigte – ich erinnere mich, wie mir da plötzlich die Beine den Dienst versagten und ich auf die Bettkante sank, überwältigt von dem Gedanken, er müsse wissen, daß er es mir, wie man so sagt, »gezeigt« hat. Er konnte tun, was er wollte, und dazu all seine Schlauheit ausspielen, solange ich mich in die alte Tradition stellte, jene Erzieher der Jugend zu verpönen, die auf das Schüren von Aberglauben und Ängsten bauen. Er hatte es mir tatsächlich »gezeigt« und mich damit in eine recht mißliche Lage gebracht, denn wer spräche mich jemals frei, wer wollte mich ungeschoren davonkommen lassen, brächte ich als erste auch nur durch den leisesten Hauch einer Andeutung einen so gräßlichen Mißklang in unser harmonisches Zusammenleben? Nein, nein; es war zwecklos, mich Mrs. Grose anvertrauen zu wollen, und es hat auch wenig Sinn, hier schildern zu wollen, wie der Junge mich während unserer kurzen, heftigen Auseinandersetzung dort im Dunkeln mit grenzenloser Bewunderung erfüllte. Natürlich begegnete ich ihm äußerst liebevoll und nachsichtig; nie, noch nie hatte ich meine Hände mit solcher Zärtlichkeit auf seine schmalen Schultern gelegt wie damals, da ich, gegen die Bettkante gelehnt, eindringlich auf ihn einredete. Mir blieb keine andere Wahl, als ihn, zumindest der Form halber, zur Rede zu stellen.

»Du mußt mir jetzt alles erzählen – und du mußt mir die Wahrheit sagen. Weshalb bist du hinausgegangen? Was hast du da draußen gemacht?«

Ich sehe noch immer sein wundervolles Lächeln vor mir, sehe das Weiß seiner schönen Augen und seine entblößten makellosen Zähne im Halbdunkel leuchten. »Werden Sie es denn verstehen, wenn ich es Ihnen sage?« Bei diesen Worten schlug mir das Herz mit einem Mal bis zum Hals. Würde er mir tatsächlich den Grund verraten? Ich brachte kein Wort der Ermunterung über die Lippen und war mir bewußt, daß ich ihm nur mit einem wiederholten, unverbindlichen, marionettenhaften Nicken antwortete. Er war die Sanftmut in Person, und während ich ihm so zunickte, stand er, mehr denn je, wie ein kleiner Märchenprinz vor mir. In der Tat war es seine heitere Unbefangenheit, die mich mit Erleichterung erfüllte. Wäre diese noch so groß, wenn er mir wirklich alles erzählte? »Na gut«, sagte er schließlich, »es war bloß, damit Sie genau das tun.«

»Was tun?«

»Mich – zur Abwechslung einmal – für *ungezogen* halten!« Niemals werde ich die Anmut und Fröhlichkeit vergessen, mit denen er jenes Wort hervorstieß, und auch nicht, wie er sich obendrein vorbeugte und mich küßte. Das war im Grunde das Ende der ganzen Angelegenheit. Ich erwiderte seinen Kuß und mußte, während ich den Jungen eine Minute lang in die Arme schloß, mit größter Anstrengung gegen aufsteigende Tränen ankämpfen. Er hatte mir just auf eine Weise Rechenschaft abgelegt, die es mir am allerwenigsten gestattete, sein Verhalten zu hinterfragen; und es kam gewissermaßen einer Bestätigung gleich, daß ich mich mit seiner Erklärung zufriedengab, als ich nach einem kurzen Blick ins Zimmer lediglich sagte:

»Hast du dich denn gar nicht ausgezogen?«

Der Junge hob sich hell gegen das Halbdunkel ab. »Nein. Ich bin aufgeblieben und habe gelesen.«

»Und wann bist du hinuntergegangen?«

»Um Mitternacht. Wenn ich schon einmal ungezogen bin, dann richtig.«

»So, so – das ist ja reizend. Aber wie konntest du sicher sein, daß ich es merken würde?«

»Ach, das hatte ich mit Flora abgesprochen.« Mit welcher Leichtigkeit seine Antworten hervorsprudelten! »Sie sollte aufstehen und zum Fenster hinaussehen.«

»Was sie ja auch getan hat.« Ich war also diejenige, die in die Falle getappt war!

»Damit hat sie Sie geweckt, und um herauszufinden, was sie da draußen sieht, haben Sie auch hinausgeschaut – und es gesehen.«

»Während du dir in der Nachtluft den Tod hättest holen können!« wandte ich ein.

Er war so von Stolz auf seine Heldentat erfüllt, daß er dies, übers ganze Gesicht strahlend, bereitwillig einräumte. »Wie hätte ich denn sonst richtig ungezogen sein können?« fragte er. Nach einer weiteren Umarmung endete der Zwischenfall und unsere Unterredung mit meinem Eingeständnis, er habe sich diesen Streich leisten können, weil er bisher immer so artig gewesen sei und sich damit einen gewissen Bonus erworben habe.

XII

Jener ganz eigene Eindruck, der sich mir aufgedrängt hatte, erwies sich, wie schon gesagt, bei Tageslicht besehen als kaum geeignet, um ihn Mrs. Grose erfolgreich zu vermitteln, obwohl ich ihn durch die Erwähnung einer weiteren Bemerkung untermauerte, die Miles gemacht hatte, ehe wir auseinandergingen. »Die Erklärung liegt in einem guten halben Dutzend Worten«, eröffnete ich ihr, »Worten, die im Grunde genommen alles besagen: ›Bedenken Sie, was ich alles tun *könnte*!‹ Er hielt mir das vor Augen, um mir zu zeigen, wie brav er doch eigentlich sei. Er weiß ganz genau, was er ›alles tun könnte‹. Und davon hat er an der Schule schon einmal einen Vorgeschmack gegeben.«

»Du meine Güte, haben Sie aber Ihre Meinung geändert!« rief meine Freundin.

»Ich habe meine Meinung nicht geändert – ich fange lediglich an zu verstehen. Die vier sind fortwährend zusammen, glauben Sie mir. Wären Sie in einer dieser Nächte bei einem der Kinder gewesen, hätten Sie das fraglos auch erkannt. Je länger ich abwartete und sie beobachtete, desto sicherer war ich mir, daß, auch ohne jeden anderen Beweis, allein schon das systematische Schweigen der beiden diesen Verdacht bestätigte. Kein einziges Mal, noch nicht einmal in einer unbedachten Äußerung, haben sie auch nur eine Anspielung auf ihre früheren Freunde gemacht, ebensowenig wie Miles jemals über seinen Verweis von der Schule ein Wort verloren hat. O ja, wir mögen hier sitzen und ihnen zusehen, und sie mögen sich uns dort auf dem Rasen von ihrer allerbesten Seite zeigen; doch während sie so tun, als gingen sie ganz in ihrem Märchen auf, sind sie in Wirklichkeit in den Anblick der Toten versunken, die ihnen wiedergegeben wurden. Miles liest Flora gar nicht vor«, erklärte ich, »sie sprechen von *ihnen* – sie unterhalten sich über grauenvolle Dinge! Ich weiß, ich rede daher, als wäre ich verrückt; und es ist ein Wunder, daß ich es nicht bin. Was ich gesehen habe, hätte *Sie* in den Wahnsinn getrieben; mich aber hat es nur klarer sehen, hat es noch andere Dinge erkennen lassen.«

Mein Klarblick muß meiner Vertrauten beängstigend erschienen sein, doch die bezaubernden Geschöpfe, die seine Opfer geworden waren, boten ihr, wie sie so anmutig Arm in Arm vor uns umherspazierten, einen gewissen Halt; wie sehr sie sich an sie klammerte, merkte ich, als sie, ohne sich durch meinen leidenschaftlichen Ausbruch ablenken zu lassen, den Blick weiter auf ihnen ruhen ließ. »Was haben Sie denn noch erkannt?«

»Nun, all das, was mich entzückt, in seinen Bann gezogen und doch, wie ich jetzt so überraschend feststelle, im Grunde verwirrt und beunruhigt hat. Ihre beinahe schon überirdische Schönheit, ihre völlig unnatürliche Artigkeit. Es ist ein Spiel«, fuhr ich fort, »es ist eine List, es ist Lug und Trug!«

»Seitens kleiner Engel …?«

»… die doch noch so jung und so wunderschön sind? Ja, so verrückt das auch scheinen mag!« Allein der Umstand, daß ich den Gedanken aussprach, half mir, ihm nachzugehen – der Spur zu folgen und alles Stück für Stück zusammenzusetzen. »Sie waren nicht artig – sie waren ganz einfach abwesend. Es war so leicht, mit ihnen zusammenzuleben, weil sie schlichtweg ihr eigenes Leben führten. Sie gehören nicht mir – sie gehören nicht uns. Sie gehören ihm und ihr!«

»Quint und der Frau?«

»Quint und der Frau. Sie wollen zu ihnen.«

Ach, wie die arme Mrs. Grose unsere Schützlinge daraufhin musterte! »Aber weshalb denn?«

»Um all des Bösen willen, das die beiden damals in jenen schrecklichen Tagen in die Kinder eingepflanzt haben. Sie kommen zurück, um Miles und Flora weiter jenem Bösen auszusetzen – um ihr Teufelswerk fortzuführen.«

»Gütiger Himmel!« stieß meine Freundin leise hervor. So alltäglich der Ausruf auch war, verriet er doch ihre uneingeschränkte Anerkennung des von mir angeführten weiteren Beweises für das, was in jener schlimmen Zeit geschehen sein mußte – denn es hatte eine noch schlimmere Zeit als die jetzige gegeben! Es hätte sich keine bessere Bestätigung für mich finden können als das schlichte Eingeständnis, daß sie ihre Erfahrung mit sämtlichen Abgründen der Verworfenheit gemacht hatte, die ich unserem niederträchtigen Paar zutraute. Offenkundig gab sie den auf sie einstürmenden Erinnerungen nach, als sie gleich darauf einräumte: »Die beiden waren tatsächlich erbärmlich niederträchtig! Aber was können sie jetzt noch Böses tun?« fügte sie hinzu.

«Tun?« wiederholte ich so laut, daß Miles und Flora, die in immer gleicher Entfernung vor uns hin und her schlenderten, in ihrem Spaziergang einen Augenblick innehielten und zu uns herübersahen. »Tun sie denn noch nicht genug?« fragte ich leiser, während die Kinder, nachdem sie uns zugelächelt, zugenickt und Kußhändchen zugeworfen hatten, ihre eigens für uns inszenierte Vorstellung wiederaufnahmen. Eine Weile ließen wir uns davon fesseln, dann antwortete ich: »Sie können sie ins Verderben stürzen!« Bei diesen Worten wandte meine Gefährtin sich mir abrupt zu, doch die Frage, die ihr auf den Lippen lag, blieb ungestellt; dies veranlaßte mich, noch deutlicher zu werden. »Sie wissen zwar noch nicht so recht, wie – aber sie geben sich alle Mühe. Einstweilen sieht man sie immer nur in einiger Entfernung und jenseits von irgend etwas – an seltsamen Orten und hoch droben – auf Türmen, auf Hausdächern, durch Fenster spähend, übers Wasser hinweg; beide Seiten sind jedoch fest entschlossen, den Abstand zu verringern und das Hindernis zu überwinden: Der Erfolg der Verführer ist somit nur eine Frage der Zeit.

Sie brauchen lediglich mit ihren gefährlichen Verlockungen fortzufahren.«

»Damit die Kinder zu ihnen kommen?«

»Und dabei in ihr Verderben laufen!« Mrs. Grose erhob sich langsam, und ich fügte einschränkend hinzu: »Es sei denn, natürlich, wir können es verhindern.«

Ich war sitzen geblieben; sie stand vor mir und dachte ganz offensichtlich nach. »Ihr Onkel muß es verhindern. Er muß sie von hier wegholen.«

»Und wer soll ihn dazu bewegen?«

Sie hatte ihren Blick in die Ferne schweifen lassen, doch jetzt sah sie mich mit einfältiger Miene an: »Sie, Miss.«

»Soll ich ihm etwa schreiben, sein Haus stehe unter einem verderblichen Einfluß und sein kleiner Neffe und seine kleine Nichte seien verrückt?«

»Aber wenn sie es tatsächlich sind, Miss?«

»Und wenn ich selbst verrückt bin, wollen Sie sagen? Das wären erfreuliche Nachrichten von einer Person, die sein Vertrauen genießt und die ihm das feierliche Versprechen gegeben hat, ihn unter keinen Umständen zu behelligen.«

Mrs. Grose überlegte, den Blick wieder auf die Kinder gerichtet. »Ja, es ist ihm zuwider, mit irgendwelchen Dingen behelligt zu werden. Das war auch der Hauptgrund ...«

»... weshalb diese Teufel ihn so lange hintergehen konnten? Zweifellos, obschon seine Gleichgültigkeit gräßlich gewesen sein muß. Da ich indes kein Teufel bin, werde ich ihn nicht hintergehen.«

Die Antwort meiner Gefährtin beschränkte sich darauf, daß sie sich schließlich wieder zu mir setzte und meinen Arm ergriff. »Veranlassen Sie ihn auf jeden Fall, Sie hier aufzusuchen.«

Ich starrte sie an. »*Mich?*« Mir wurde plötzlich angst bei dem Gedanken, was sie vorhaben mochte. »Ihn?«

»Es wäre wirklich besser, er wäre hier, um uns zu helfen.«

Ich stand schnell auf und muß dabei wohl eine entgeistertere Miene gemacht haben als je zuvor. »Können Sie sich vorstellen, daß ich ihn tatsächlich um einen Besuch bitte?« Nein, mein Gesicht vor Augen, konnte sie das ganz offenkundig nicht. Statt dessen vermochte sie sich – wie eine Frau nun einmal in einer anderen zu lesen versteht – sogar vorzustellen, was ich selbst mir vorstellte: seinen Hohn, seine Belustigung, seine Verachtung angesichts meiner eingestandenen Unfähigkeit, allein zurecht zu kommen, und angesichts der ausgeklügelten Maschinerie, die ich in Gang gesetzt hatte, um seine Aufmerksamkeit auf meine nicht beachteten Reize zu lenken. Sie wußte nicht – niemand wußte es –, wie stolz ich darauf gewesen war, ihm zu Diensten zu sein und unsere Abmachungen einzuhalten; dennoch begriff sie wohl die Ernsthaftigkeit der Warnung, die ich ihr jetzt mit auf den Weg gab: »Sollten Sie den Kopf verlieren und sich statt meiner an ihn wenden ...«

Sie bekam es sichtlich mit der Angst zu tun. »Ja, Miss?«

»... dann verlasse ich auf der Stelle nicht nur ihn, sondern auch Sie.«

XIII

Den Kindern einfach Gesellschaft zu leisten fiel mir nicht weiter schwer, aber mit ihnen zu sprechen erwies sich wie schon zuvor als eine Anstrengung, die meine Kräfte überstieg – es stellte mich, im unmittelbaren Umgang mit ihnen, vor geradezu unüberwindbare Schwierigkeiten. Diese Situation zog sich einen Monat lang so hin, und zwar mit immer neuen Zuspitzungen und eigentümlichen Untertönen, von denen besonders eine gewisse unterschwellige Ironie seitens meiner Zöglinge immer unüberhörbarer wurde. Dabei handelte es sich, dessen bin ich mir heute so sicher wie damals, nicht nur um eine boshafte Unterstellung meinerseits: Es war durchaus nachweisbar, daß sie um meine mißliche Lage wußten und daß dieses sonderbare Verhältnis zwischen uns über lange Zeit hinweg gewissermaßen die Atmosphäre prägte, in der wir uns bewegten. Ich will damit nicht sagen, sie hätten sich über mich lustig gemacht oder irgend etwas Niederträchtiges getan, denn das war nicht ihre Art; ich meine vielmehr, daß das, was zwischen uns unausgesprochen und unberührt blieb, eine immer größere Rolle spielte und daß man diese Bereiche ohne ein gerüttelt Maß an stillschweigender Übereinkunft nicht so erfolgreich hätte meiden können. Zuweilen war es, als stießen wir alle Augenblicke auf Themen, angesichts derer wir ins Stocken gerieten, wenn wir, plötzlich erkennend, daß wir in einer Sackgasse gelandet waren, nach einem Ausweg suchten, oder Türen, die wir unbesonnenerweise geöffnet hatten, mit einem leisen Knall schlossen, der uns einander ansehen ließ – weil er, wie jeder Knall, doch etwas lauter war, als wir beabsichtigt hatten. Alle Wege führen nach Rom, und es gab Zeiten, da hätte sich uns der Eindruck aufdrängen können, jeder Unterrichtsgegenstand oder jedes Gesprächsthema streife verbotenes Gelände. Verbotenes Gelände war die Frage nach der Wiederkehr der Toten im allgemeinen und im besonderen nach dem, was von den Freunden zum Andenken zurückbleiben mochte, deren Verlust Kinder in jungen Jahren getroffen hatte. Es gab Tage, da hätte ich schwören können, daß eines der Kinder mit einem leichten, für mich unsichtbaren Rippenstoß dem anderen zuflüsterte: »Sie glaubt, diesmal wird sie es tun – aber sie wird es sicher wieder nicht tun!« »Es tun« hätte bedeutet, mich – ausnahmsweise einmal – zu einer direkten Anspielung auf die Dame hinreißen zu lassen, die vor mir mit der Erziehung der Kinder betraut gewesen war. Die beiden zeigten ein ergötzliches, unersättliches Verlangen nach Begebenheiten aus meinem Leben, wie ich sie ihnen wieder und wieder erzählt hatte; sie wußten über alles Bescheid, was mir jemals widerfahren war, hatten mir, in aller Ausführlichkeit, die Geschichten selbst meiner kleinsten Abenteuer entlockt und auch die der Abenteuer meiner Geschwister, der Katze und des Hundes bei uns zu Hause sowie alle möglichen Einzelheiten über die schrullige Art meines Vaters, über die Möbel und Einrichtung unseres Hauses und über die Gespräche der alten Frauen in unserem Dorf. Alles in allem gab es genügend Dinge, über die man plaudern konnte, sofern man nicht lange bei ihnen verweilte und instinktiv wußte, worum man besser einen weiten Bogen machte. Mit großem Geschick zogen sie an den Fäden meiner Erfindungsgabe und meiner Erinnerung, und wenn ich später an solche Gelegenheiten zurückdachte, weckte wohl nichts anderes in mir so sehr den Argwohn, ich würde insgeheim ausgehorcht. Jedenfalls konnten wir uns immer nur über *mein* Leben, *meine* Vergangenheit und *meine* Freunde einigermaßen unbefangen unterhalten – ein Zustand, der sie zuweilen dazu verführte, mich ohne den geringsten Zusammenhang plötzlich mit freundlichen Bitten zu bestürmen. So wurde ich etwa – ohne ersichtliche Gedankenverbindung – aufgefordert, Gevatterin Gelbschnabels berühmten Ausspruch zum wiederholten Male zum besten zu geben oder die Angaben zu bestätigen, die ich über die Klugheit des Pfarrhaus-Ponys gemacht hatte.

In Anbetracht der Wendung, die die Dinge inzwischen genommen hatten, wurde mir teils in Augenblicken wie diesen, teils auch in völlig anderen Momenten meine – wie ich sie nannte – mißliche Lage ganz besonders bewußt. Der Umstand, daß die Tage ohne eine erneute unerfreuliche Begegnung verstrichen, sollte, so würde man meinen, zu einer Beruhigung meiner Nerven beigetragen haben. Seit jener zweiten Nacht, da ich auf dem oberen Treppenabsatz stand, seit dem flüchtigen Blick auf die

Frauengestalt am Fuße der Treppe hatte ich weder innerhalb noch außerhalb des Hauses etwas gesehen, das man besser nicht gesehen hätte. Es gab gar manche Ecke, hinter der ich auf Quint zu treffen erwartete, und gar manche Situation, die, einfach weil sie etwas Unheimliches hatte, für ein Auftauchen von Miss Jessel gesprochen hätte. Der Sommer hatte seinen Wendepunkt überschritten, der Sommer war vergangen; der Herbst hatte sich auf Bly herabgesenkt und die Hälfte unserer Kerzen ausgeblasen. Mit seinem grauen Himmel und seinen verwelkten Blumengewinden, seiner tristen Leere und dem toten Laub auf der Erde glich der Ort einem von zerknüllten Programmzetteln übersäten Theater nach der Vorstellung. Zuweilen war die Luft, waren Geräusche und Stille, waren unbeschreibliche, dem Augenblick Gewicht verleihende Eindrücke genau von der Art, daß sie mir, lange genug anhaltend, um mich zu packen, erneut das Gefühl der Atmosphäre vermittelten, in der ich an jenem Juniabend draußen im Freien Quint zum ersten Mal gesehen und in der ich bei jener anderen Gelegenheit vergebens Sträucher und Gebüsch im Umkreis mit Blicken nach ihm abgesucht hatte, nachdem ich ihn zuvor durch das Fenster erspäht hatte. Ich erkannte die Anzeichen, die Vorzeichen – ich erkannte den Augenblick, die Stelle. Doch nichts geschah, und ich blieb unbehelligt, sofern man eine junge Frau als unbehelligt bezeichnen konnte, deren Empfänglichkeit für bestimmte Reize und Eindrücke in ganz und gar ungewöhnlicher Weise zu- statt abgenommen hatte. In meinem Gespräch mit Mrs. Grose über jenes grauenvolle Erlebnis mit Flora am See hatte ich gesagt – und die gute Frau damit in Verwirrung gestürzt –, daß mich ein Verlust meiner Fähigkeit, die Erscheinungen zu sehen, weit mehr beunruhigen würde als ihr Erhalt. Ich hatte damals in Worte gefaßt, was mich lebhaft bewegte: daß ich es nämlich, gleichgültig, ob die Kinder nun tatsächlich etwas sahen oder nicht – denn dies war ja noch nicht eindeutig erwiesen –, bei weitem vorzöge, zu ihrem Schutz mich selbst voll und ganz der Gefahr auszusetzen. Ich war bereit, mich auf das Schlimmste einzulassen, auf das man sich überhaupt einlassen konnte. Schon damals hatte sich mir indes die bedrohliche Ahnung aufgedrängt, meine Augen könnten just dann fest verschlossen sein, wenn die ihren weit offen waren. Nun, zu jener Zeit waren sie offenbar tatsächlich verschlossen – ein glücklicher Umstand, für den Gott nicht zu danken geradezu lästerlich schien. Aber ach, es gab da ein Hindernis: Ich hätte ihm von ganzem Herzen gedankt, wäre da nicht das Wissen um das Geheimnis meiner Zöglinge gewesen.

Wie kann ich heute die seltsamen Wege nachzeichnen, auf die meine fixe Idee mich führte? Es gab Zeiten während unseres Zusammenseins, da hätte ich schwören können, daß die Kinder buchstäblich in meiner Gegenwart, aber meiner unmittelbaren Wahrnehmung entzogen, Besucher empfingen, die ihnen wohlbekannt und willkommen waren. Das waren die Augenblicke, in denen meine innere Erregung mit mir durchgegangen wäre, hätte mich nicht die Befürchtung zurückgehalten, ich könnte damit einen Schaden anrichten, der noch größer wäre als der, den es abzuwenden galt. »Sie sind hier, sie sind hier, ihr kleinen Schlingel«, hätte ich gerufen, »jetzt könnt ihr es nicht mehr abstreiten!« Die kleinen Schlingel stritten es unter Aufwendung all ihrer Zutraulichkeit und Zärtlichkeit ab, in deren kristallklaren Tiefen – wie ein vorbeihuschender Fisch in einem Bach – Hohn aufblitzte angesichts des Vorteils, in dem sie sich mir gegenüber wußten. Das Entsetzen hatte mich in Wahrheit noch viel heftiger gepackt, als es mir in jener Nacht bewußt geworden war, in der ich unter den Sternen nach Quint oder vielmehr nach Miss Jessel Ausschau gehalten und statt ihrer den Jungen vorgefunden hatte, über dessen Schlaf ich eigentlich wachen sollte; er hatte den anmutigen, aufwärts gerichteten Blick, mit dem die gräßliche Erscheinung Quints von den Turmzinnen über uns ihr Spiel getrieben hatte, mit ins Haus hereingebracht und mich dort unverzüglich ebenso angesehen. Was das Erschrecken anlangt, so hatte mich die damalige Entdeckung in größeren Schrecken versetzt als jede andere, und noch ganz davon erfüllt, zog ich meine Schlußfolgerungen. Diese beunruhigten mich derart, daß ich mich hin und wieder für kurze Zeit einschloß, um laut die verschiedenen Möglichkeiten durchzuspielen, wie ich ans Ziel gelangen könnte – was mir zugleich vorübergehende Erleichterung und neuerliche Verzweiflung brachte. Ich näherte mich diesem Ziel von der einen, dann wieder von der anderen Seite, derweil ich mit schnellen Schritten in meinem Zimmer unruhig auf und ab ging, doch jedesmal stockte ich, wenn es darauf ankam, die gräßlichen Namen auszusprechen. Während sie auf meinen Lippen erstarben, sagte ich mir, wenn ich dadurch, daß ich sie ausspräche, ein so außergewöhnliches natürliches Feingefühl verletzte, wie es die Kinder an den Tag legten und wie es in einem Schulzimmer wohl nur sehr selten anzutreffen ist, würde ich womöglich sogar dazu beitragen, daß sie auf infame Weise Schaden anrichteten. Wenn ich zu mir sagte: »*Sie* haben den Anstand zu schweigen, und du, mit all dem Vertrauen, das man dir entgegenbringt, besitzt die Gemeinheit zu sprechen!«, spürte ich, wie ich errötete, und bedeckte mein Gesicht mit den Händen. Nach solch heimlicher Einkehr plauderte ich mehr denn je, zeigte mich ausnehmend gesprächig, bis dann einer jener unheilvollen, geradezu mit Händen greifbaren Momente eintrat, in denen wir gleichsam in unserem Tun innehielten – ich kann es nicht anders beschreiben –, in denen es zu dem seltsamen schwindelerregenden Emporschnellen oder Eintauchen (ich suche nach den richtigen Worten!) in eine Stille kam, zu einer Unterbrechung jeglichen Lebens; diese Stille wurde von dem mehr oder weniger großen Lärm nicht berührt, den wir vielleicht gerade machten – durch jede noch so angestrengte Fröhlichkeit, jede noch so lebhafte Rezitation, jedes noch so laute Geklimper auf dem Klavier hindurch nahm ich sie wahr. Dann waren die anderen, die Eindringlinge, da. Obgleich sie alles andere als Engel waren, »schwebten sie durch den Raum«, wie die Franzosen sagen, und ließen mich, solange sie in unserer Mitte weilten, vor Angst zittern, sie könnten ihren jungen Opfern eine noch teuflischere Botschaft oder ein noch lebensvolleres Bild von sich vermitteln, als sie es in meinem Fall für ausreichend befunden hatten.

Wovon ich mich am wenigsten zu befreien vermochte, war der quälende Gedanke, daß – was auch immer ich gesehen hatte – Miles und Flora *mehr* sahen: schreckliche, unvorstellbare Dinge, die auf die schlimmen Zeiten ihres früheren Umgangs mit dem verruchten Paar zurückgingen. Solche Dinge hinterließen natürlich für den Augenblick ein Frösteln auf der Haut, das wir uns indes nicht eingestanden und wortreich überspielten; durch häufiges Wiederholen hatten wir es alle drei bald zu so großer Meisterschaft gebracht, daß wir ganz unwillkürlich jedesmal genau die gleichen Gebärden vollführten, um das Ende des Zwischenfalls anzuzeigen. Zumindest war es auffällig, daß die Kinder mich regelmäßig mit plötzlichem Ungestüm küßten und es nie versäumten – sei es durch Miles oder durch Flora –, die rettende Frage zu stellen, die uns schon über manch heikle Situation hinweggeholfen hatte. »Was glauben Sie, wann wird er endlich kommen? Meinen Sie nicht, wir sollten ihm vielleicht *doch* schreiben?« – es gab, wie die Erfahrung uns gelehrt hatte, nichts Besseres als diesen Einwurf, um unser Unbehagen zu zerstreuen. »Er«, das war natürlich der Onkel der Kinder in der Harley Street; und wir ergingen uns gar manche Stunde in den ausführlichsten theoretischen Erörterungen darüber, daß er jeden Augenblick eintreffen könne, um sich unserem Kreis anzuschließen. Es war unmöglich, weniger Anlaß zu einer solchen Annahme zu geben, als er es tat, aber wäre es uns nicht vergönnt gewesen, zu ihr Zuflucht zu nehmen, hätten wir uns der schönsten Möglichkeiten beraubt, uns gegenseitig etwas vorzumachen. Er schrieb den Kindern nie – das mag selbstsüchtig gewesen sein, aber es war – so schmeichelte ich mir – auch Ausdruck des Vertrauens, das er mir entgegenbrachte, denn ein Mann pflegt einer Frau seinen höchsten Tribut gerne dadurch zu zollen, daß er eines der heiligen Gesetze seiner Bequemlichkeit nur um so feierlicher hochhält. So war ich der Meinung, ich handle im Geiste der gegebenen Zusage, ihn nicht zu behelligen, wenn ich unseren jungen Freunden zu verstehen gab, ihre Briefe an ihn seien nichts als bezaubernde literarische Übungen. Sie waren zu schön, um abgeschickt zu werden; ich nahm sie an mich, und ich habe sie allesamt noch heute. Freilich verlieh dieses Vorgehen dem Umstand, daß ich mich ständig mit der Annahme auseinandersetzen mußte, er könnte sich jeden Moment bei uns einfinden, nur noch zusätzliche Ironie. Fast schien es, als wüßten unsere jungen Freunde, daß mir sein Kommen unangenehmer sein könnte als alles andere. Am erstaunlichsten erscheint mir im Rückblick jedoch die Tatsache, daß ich, trotz meiner nervlichen Anspannung und ihres Frohlockens, nie die Geduld mit ihnen verlor. Heute denke ich, sie müssen wahrlich anbetungswürdig gewesen sein, da ich sie damals nicht zu hassen begann! Hätte meine Erbitterung vielleicht schließlich doch überhandgenommen, hätte eine Erlösung noch länger auf sich warten lassen? Die Frage ist müßig, denn eine gewisse Erlösung stellte sich ein. Ich nenne es Erlösung, wenn es auch nur die Erleichterung war, wie sie das plötzliche Nachlassen großen Drucks oder ein Gewitter an einem drückend heißen Tag bringt; jedenfalls trat eine Veränderung ein, und sie kam völlig unerwartet.

XIV

Eines Sonntagmorgens auf dem Weg zur Kirche ging der kleine Miles an meiner Seite; seine Schwester lief neben Mrs. Grose in Sichtweite vor uns her. Es war ein frischer, heiterer Tag, der erste seiner Art seit einiger Zeit; die Nacht hatte einen Hauch von Frost gebracht, und in der schneidenden, klaren Herbstluft klangen die Kirchenglocken fast fröhlich. Es war ein seltsamer Gedankensprung, der mich just in einem solchen Augenblick deutlich und mit tiefer Dankbarkeit empfinden ließ, wie artig meine kleinen Schützlinge doch waren. Warum äußerten sie nie Unmut über meine unerbittliche, meine fortwährende Gegenwart? Irgend etwas hatte mich plötzlich erkennen lassen, daß ich den Jungen geradezu an mich gekettet hatte und der Eindruck entstehen konnte, ich wollte dadurch, daß ich unsere Gefährtinnen vor mir hergehen ließ, Vorkehrungen gegen einen drohenden Aufruhr treffen. Ich war wie ein Gefängniswärter, der stets mit Überraschungen oder Ausbruchsversuchen rechnete. Doch dies – ich meine die wunderbare Fügsamkeit der Kinder – gehörte nun einmal zu der Reihe besonderer Umstände, die mir am unergründlichsten schienen. Miles war für den Sonntag vom Schneider seines Onkels eingekleidet worden, dem man dabei freie Hand gelassen und der nicht nur ein Gespür für hübsche Westen, sondern auch für das kindlich-würdevolle Auftreten des Jungen bewiesen hatte; dieses ließ, durch die Kleidung noch stärker zur Geltung gebracht, Miles' ganzen Anspruch auf Unabhängigkeit, die Rechte seines Geschlechts und seiner gesellschaftlichen Stellung so deutlich zu Tage treten, daß ich ihm, hätte er plötzlich Freiheit begehrt, spontan nichts entgegenzusetzen gehabt hätte. Ein wahrhaft seltsamer Zufall wollte es, daß ich mich gerade fragte, wie ich ihm gegebenenfalls begegnen sollte, als es auch schon unverkennbar zur Rebellion kam. Ich nenne es Rebellion, weil ich heute sehe, wie sich mit der Frage des Jungen der Vorhang zum letzten Akt der furchtbaren Tragödie hob, in der ich mitwirkte, und wie damit die Katastrophe heraufbeschworen wurde. »Können Sie mir sagen, meine Liebe«, wandte er sich in seiner reizenden Art an mich, »können Sie mir sagen, wann um alles in der Welt ich bitte wieder zur Schule gehen darf?«

Hier wiedergegeben, klingen seine Worte völlig harmlos; hinzu kommt, daß sie in dem liebenswürdigen, hohen, beiläufigen Ton geäußert worden waren, den er allen seinen Gesprächspartnern, vor allem aber seiner allzeit gegenwärtigen Gouvernante gegenüber anschlug und der einem das Gefühl gab, der Junge werfe einem Rosen zu. In diesem Tonfall lag etwas, das immer »verfing«; jedenfalls veranlaßte er mich jetzt, so abrupt stehenzubleiben, als sei einer der Parkbäume quer über den Weg gestürzt. Von einem Augenblick zum anderen war etwas Neues zwischen uns getreten; Miles war vollkommen bewußt, daß ich das bemerkte – und zwar ohne daß er auch nur ein bißchen weniger aufrichtig und liebenswürdig dreinzuschauen brauchte als sonst. Ich spürte, wie er bereits an meinem Zögern den Vorteil erkannte, den er errungen hatte. Es dauerte so lange, bis mir eine Antwort einfiel, daß er jede Menge Zeit hatte, inzwischen mit seinem verführerischen, aber nicht sehr überzeugenden Lächeln fortzufahren: »Wissen Sie, meine Liebe, *immer* mit einer Dame zusammenzusein, das ist für einen Jungen …!«

Dieses »meine Liebe« hatte er ständig auf den Lippen, wenn er mit mir sprach, und nichts hätte die Art von Empfindung, mit der ich meine Zöglinge beseelen wollte, genauer charakterisieren können als die liebevolle Vertrautheit, von der diese Anrede kündete. Sie war auf respektvolle Weise ungezwungen.

Aber ach, wie sehr war ich mir bewußt, daß es nun galt, meine eigenen Worte sorgfältig zu wählen! Ich erinnere mich, daß ich versuchte zu lachen, um auf diese Weise Zeit zu gewinnen, und mir war, als könne ich an dem schönen Gesicht des Jungen, mit dem er mich betrachtete, ablesen, wie häßlich und entgeistert ich aussah. »Und handelt es sich immer um die gleiche Dame?« versetzte ich.

Er wurde nicht blaß, ja zuckte nicht einmal mit der Wimper. Die ganze Sache lag nun offen zutage. »Oh, natürlich ist sie eine geradezu ›vollendete‹ Dame; aber sehen Sie, schließlich bin ich doch ein Junge, der ... nun, der allmählich älter wird.«

Ich blieb noch einen Augenblick dort auf dem Weg mit ihm stehen und ging in äußerst herzlichem Ton auf seine Bemerkung ein. »Ja, du wirst allmählich älter.« Doch ich fühlte mich so hilflos!

Bis zum heutigen Tage quält mich der schmerzliche Verdacht, er habe dies gewußt und damit sein Spiel getrieben. »Und Sie können nicht leugnen, daß ich furchtbar artig gewesen bin, nicht wahr?«

Ich legte ihm die Hand auf die Schulter, denn obwohl ich spürte, daß es ungleich besser gewesen wäre weiterzugehen, fühlte ich mich dazu außerstande. »Nein, das kann ich nicht leugnen, Miles.«

»Außer in dieser einen Nacht, Sie wissen schon ...!«

»In dieser einen Nacht?« Ich vermochte ihm nicht so offen in die Augen zu sehen wie er mir.

»Nun, als ich hinuntergegangen bin – aus dem Haus gegangen bin.«

»Ach ja. Aber ich habe vergessen, weswegen du es getan hast.«

»Sie haben es vergessen?« Aus seiner Stimme klang die liebenswürdige Übertreibung kindlichen Tadels. »Nun, nur um Ihnen zu zeigen, daß ich dazu fähig war!«

»O ja – das warst du!«

»Und ich kann es auch wieder tun.«

Ich glaubte, vielleicht doch einen klaren Kopf bewahren zu können. »Gewiß. Aber das wirst du nicht.«

»Nein, das gleiche nicht. Es war nichts Besonderes.«

»Es war nichts Besonderes«, bekräftigte ich. »Jetzt müssen wir aber weitergehen.«

Miles schob seine Hand in meine Armbeuge, und gemeinsam setzten wir unseren Weg fort. »Wann *werde* ich denn nun wieder zur Schule gehen?« fragte er erneut.

Während ich über eine Antwort nachdachte, trug ich meine verantwortungsvollste Miene zur Schau. »Warst du sehr glücklich auf der Schule?«

Er überlegte nur kurz. »Ach, ich bin eigentlich überall glücklich!«

»Nun«, erwiderte ich mit zitternder Stimme, »wenn du hier genauso glücklich bist ...!«

»Ja schon, aber das ist nicht alles! Natürlich wissen *Sie* eine Menge ...«

»Du willst andeuten, daß du schon fast ebensoviel weißt?« warf ich ein, als er stockte.

»Nicht halb so viel, wie ich gerne wüßte!« bekannte Miles aufrichtig. »Aber das ist es eigentlich nicht so sehr.«

»Was ist es dann?«

»Nun ja ... ich möchte mehr Leben um mich haben.«

»Ach so; ich verstehe.« Wir hatten uns der Kirche genähert und waren in Sichtweite mehrerer Leute gelangt, darunter auch einiger Dienstboten aus Bly, die, auf dem Weg zum Gottesdienst, vor der Tür warteten, um uns den Vortritt zu lassen. Ich trieb zur Eile an; ich wollte die Kirche erreichen, ehe das Thema zwischen uns noch weiter erörtert werden mußte; begierig suchte ich bei dem Gedanken Zuflucht, daß Miles über eine Stunde lang würde still sein müssen, und ich sehnte mich nach der vergleichsweisen Düsterkeit des Kirchenstuhls und nach dem fast schon geistigen Beistand des Betkissens, auf das ich mein Knie beugen durfte. Ich schien mich gleichsam in einem Wettlauf mit dem Jungen zu befinden, der im Begriff war, mich in die größte Verlegenheit zu bringen, und ich spürte, daß er gewonnen hatte, als er, noch bevor wir den Kirchhof betraten, hervorstieß:

»Ich möchte meinesgleichen um mich haben.«

Das ließ mich buchstäblich einen Satz nach vorn machen. »Es gibt nicht viele deinesgleichen, Miles!« erwiderte ich lachend. »Außer vielleicht die liebe kleine Flora!«

»Wollen Sie mich wirklich mit einem kleinen Mädchen vergleichen?«

Das traf mich eigentümlich unvorbereitet. »Hast du denn unsere entzückende Flora nicht lieb?«

»Hätte ich sie nicht lieb ... und Sie auch ...; hätte ich sie nicht lieb ...!« wiederholte er, als nehme er Anlauf zu einem Sprung, doch er ließ seinen Gedanken so unvollendet, daß ein neuerliches Innehalten unerläßlich wurde, zu dem er mich, nachdem wir das Tor zum Kirchhof durchschritten hatten, durch einen Druck mit dem Arm veranlaßte. Mrs. Grose und Flora hatten inzwischen die Kirche betreten, und die anderen Kirchgänger waren ihnen gefolgt, so daß wir für den Augenblick allein zwischen den alten, dichtgedrängten Gräbern standen. Wir waren auf dem Weg, der vom Tor zur Kirchentür führte, neben einem niedrigen, rechteckigen, tischähnlichen Grabmal stehengeblieben.

»Was wäre, wenn du sie nicht lieb hättest?«

Er ließ den Blick über die Gräber schweifen, während ich auf seine Antwort wartete. »Das wissen Sie sehr gut!« Er machte keine Anstalten weiterzugehen, und gleich darauf sagte er etwas, das mich unvermittelt auf die Steinplatte sinken ließ, als müsse ich mich plötzlich ausruhen. »Glaubt mein Onkel dasselbe wie *Sie?*«

Ich ließ mir auffallend viel Zeit. »Woher weißt du, was ich glaube?«

»Na ja, natürlich weiß ich es nicht; mir fällt auf, daß Sie mir nie etwas verraten. Was ich meine, ist: Weiß *er* es?«

»Weiß er *was*, Miles?«

»Nun, was ich so treibe.«

Ich erkannte sehr rasch, daß ich auf seine Frage nur schwer eine Antwort geben konnte, die nicht so etwas wie einen Verrat an meinem Brotherrn bedeuten würde. Doch ging mir durch den Sinn, daß an uns allen auf Bly hinlänglich Verrat begangen wurde, um dies verzeihlich erscheinen zu lassen.

»Ich glaube, deinen Onkel kümmert das wenig.«

Miles sah mich fragend an. »Glauben Sie nicht, man könnte das ändern?«

»Und wie?«

»Nun, dadurch, daß er herkommt.«

»Aber wer sollte ihn dazu veranlassen?«

»Ich!« erklärte der Junge mit ungewöhnlicher Lebhaftigkeit und Bestimmtheit. Er warf mir noch einen Blick zu, aus dem die gleiche lebhafte Entschlossenheit sprach; dann betrat er allein die Kirche.

XV

Eigentlich war die Angelegenheit damit erledigt, daß ich ihm in jenem Augenblick nicht folgte. Es war eine klägliche Kapitulation vor meiner Erregung, doch selbst daß ich mir darüber im klaren war, half mir aus irgendeinem Grunde nicht, meine Fassung wiederzugewinnen. Ich blieb auf dem Grabstein sitzen und versuchte, die volle Bedeutung dessen zu erfassen, was unser junger Freund zu mir gesagt hatte; bis mir dies schließlich gelang, war so viel Zeit vergangen, daß sich mir der Vorwand, dem Gottesdienst fernzubleiben, geradezu aufdrängte – daß ich mich nämlich schämte, meinen Zöglingen wie auch den anderen Gläubigen ein derartiges Beispiel an Säumigkeit zu bieten. Vor allem aber sagte ich mir, Miles habe mir einiges entlockt und würde diesen unliebsamen Zusammenbruch nur als Herausforderung begreifen. Er hatte mir entlockt, daß es etwas gab, wovor ich große Angst hatte, und daß er sich meine Angst wohl zunutze machen konnte, um für sich selbst mehr Freiheit zu erlangen. Wovor ich Angst hatte, war, mich mit der unerträglichen Frage nach den Gründen seines Schulverweises beschäftigen zu müssen, denn dies war in Wirklichkeit ja die Frage nach all dem Entsetzlichen, das sich dahinter verbarg. Daß sein Onkel herkäme, um diese Dinge mit mir zu erörtern, war, genaugenommen, die Lösung, die ich damals hätte anstreben sollen; doch der Gedanke an die Peinlichkeit eines solchen Vorgehens und an den damit verbundenen Kummer schien mir so unerträglich, daß ich ganz einfach abwartete und von der Hand in den Mund lebte. Zu meiner großen Bestürzung befand sich der Junge vollkommen im Recht; es stand ihm durchaus zu, von mir zu fordern: »Entweder Sie klären mit meinem Vormund das Geheimnis dieser Unterbrechung meines Schulbesuchs auf, oder Sie verlangen nicht länger von mir, ein für einen Jungen so unnatürliches Leben mit Ihnen zu führen.« Was aus meiner Sicht so unnatürlich für den Jungen war, mit dem ich es zu tun hatte, war dieses unvermutete Zutagetreten von Selbstbewußtsein und planvollem Vorgehen.

Das war es, was mich letztlich bezwang – was mich daran hinderte, die Kirche zu betreten. Immer wieder zaudernd innehaltend, umrundete ich sie; ich überlegte, daß ich mir Miles gegenüber bereits eine nicht wiedergutzumachende Blöße gegeben hatte. Es ließ sich nichts mehr vertuschen oder beschönigen, und es hätte eine zu große Überwindung bedeutet, mich neben den Jungen in den Kirchenstuhl zu zwängen: Sicherlich hätte er seinen Arm unter den meinen geschoben und mich gezwungen, eine Stunde lang in enger Fühlung mit seiner unausgesprochenen Auslegung unseres Gesprächs neben ihm zu sitzen. Zum ersten Mal seit seiner Ankunft trieb es mich fort von ihm. Als ich unter dem hohen Ostfenster stehenblieb und den Klängen des Gottesdienstes lauschte, überkam mich mit einem Mal eine Regung, die mich, das spürte ich genau, übermannen würde, und zwar ganz und gar übermannen würde, gäbe ich ihr auch nur ein klein wenig nach: Wie leicht könnte ich meiner Pein ein Ende setzen, ginge ich einfach für immer fort! Hier bot sich mir die Gelegenheit dazu; es war niemand da, der mich zurückgehalten hätte; ich konnte mich der ganzen Sache entziehen – mich einfach umdrehen und die Flucht ergreifen. Ich bräuchte nur, um einige Vorbereitungen zu treffen, rasch ins Haus zurückzukehren, das dank der Teilnahme fast aller Dienstboten am Gottesdienst so gut wie menschenleer war. Kurz, niemand würde mir Vorwürfe machen, wenn ich in meiner Verzweiflung einfach davonliefe. Was brächte es mir, wenn ich mich lediglich bis zum Abendessen zurückzöge? Bis dahin waren es nur ein paar Stunden, nach deren Ablauf – ich sah es deutlich vor mir – meine kleinen Zöglinge sich voller Unschuld über mein Fehlen in ihrem Troß wundern würden.

»Was haben Sie bloß getan, Sie ungezogenes, böses Ding? Warum um alles in der Welt haben Sie uns noch an der Kirchentür verlassen und uns damit in so große Sorge versetzt – und obendrein, das können Sie sich denken, unsere Gedanken vom Gottesdienst abgelenkt?« Ich fühlte mich weder imstande, mich solchen Fragen zu stellen, noch den Kindern, während sie mich damit bestürmten, in ihre schönen Augen zu sehen, die doch so voller Falsch waren. Dies wäre indes genau das gewesen, was mich erwartet hätte, und als ich mir dieser Aussicht immer schmerzhafter bewußt wurde, riß ich mich schließlich los.

Fürs erste entkam ich; ich lief auf dem kürzesten Weg aus dem Kirchhof und eilte, angestrengt nachdenkend, durch den Park zurück. Als ich das Haus erreichte, schien mein Entschluß, rücksichtslos die Flucht zu ergreifen, festzustehen. Die sonntägliche Stille in der Umgebung wie im Inneren des Hauses, in dem ich niemandem begegnete, verstärkte in mir das Gefühl, eine günstige Gelegenheit vor mir zu haben. Gelänge es mir, mich auf diese Weise fortzustehlen, käme ich ohne eine Szene, ohne ein Wort davon. Dazu müßte ich allerdings beträchtliche Eile walten lassen; vor allem aber galt es, die Frage zu klären, wie ich an ein Reisegefährt käme. Ich entsinne mich, daß ich in der Eingangshalle angesichts der Schwierigkeiten und Hindernisse von quälender Unruhe gepeinigt wurde und auf der untersten Treppenstufe entmutigt niedersank; sofort mußte ich voller Abscheu daran denken, daß dies genau die Stelle war, an der ich, über einen Monat zuvor, in der Dunkelheit der Nacht und gleichfalls von Unheil und Gram gebeugt den Geist der grauenvollsten aller Frauen gesehen hatte. Dies brachte mich rasch wieder auf die Beine; ich ging die Treppe hinauf und begab mich, im Aufruhr meiner Gefühle, ins Schulzimmer, wo sich einige Dinge befanden, die mir gehörten und die ich mitnehmen wollte. Als ich jedoch die Tür öffnete, stellte ich im Bruchteil einer Sekunde fest, daß ich wieder »sehen« konnte. Der Anblick, der sich mir bot, ließ mich unvermittelt zurückweichen, als sei ich gegen ein Hindernis geprallt.

Im hellen Mittagslicht sah ich an meinem Tisch eine Person sitzen, die ich, ohne mein früheres Erlebnis, auf den ersten Blick für eines der Stubenmädchen gehalten hätte, das dageblieben war, um das Haus zu hüten, und das die seltene Gelegenheit, sich unbeobachtet zu bewegen und Zugang zum Schulzimmertisch mit meinen Schreibfedern, meiner Tinte und meinem Papier zu haben, nutzte, um sich der recht beträchtlichen Mühe zu unterziehen, seinem Liebsten einen Brief zu schreiben. Es lag etwas Angestrengtes in der Art, wie die Frau, die Arme auf den Tisch und den Kopf mit sichtlicher Mattigkeit in die Hände gestützt, dasaß; in dem Moment, da ich dies gewahrte, wurde mir indes auch bewußt, daß sie, ungeachtet meines Eintretens, befremdlicherweise in dieser Haltung verharrte. Als sie dann aber schließlich doch Anstalten machte, sich zu bewegen, war mir schon nach der ersten kleinen Regung schlagartig klar, wen ich wirklich vor mir hatte. Die Gestalt erhob sich, allerdings ganz offenkundig nicht, weil sie mich gehört hatte, sondern vielmehr mit einer unbeschreiblichen erhabenen Schwermut, die Teilnahmslosigkeit und Distanziertheit ausdrückte, und vor mir stand, keine fünf Schritte entfernt, meine verruchte Vorgängerin. Ihrer Ehre beraubt, eine tragische Gestalt, stand sie da; doch noch während ich sie anstarrte und ihren Anblick meinem Gedächtnis einzuprägen suchte, verflüchtigte sich das gräßliche Bild. Undurchdringlich wie die Dunkelheit der Nacht hatte sie mich in ihrem schwarzen Gewand, ihrer abgehärmten Schönheit und ihrem unsäglichen Kummer lange genug angesehen, um mir zu verstehen zu geben, sie sitze mit ebensoviel Recht an meinem Tisch wie ich an ihrem. In jenen Sekunden hatte sich meiner tatsächlich das außerordentlich bedrükkende Gefühl bemächtigt, im Grunde genommen sei ich der Eindringling. Es war in ungestümem Aufbegehren gegen dieses Gefühl gewesen, daß ich mich leibhaftig an sie gewandt hatte. »Du grauenvolles, elendes Weib!« hörte ich mich schreien und meine Stimme, zur offenen Tür hinaus, durch den langen Flur und das leere Haus hallen. Sie hatte mich angesehen, als hätte sie mich verstanden; ich hatte mich sofort wieder in der Gewalt gehabt, aber mit meinem Ausbruch gleichsam die Atmosphäre gereinigt. Im nächsten Augenblick war nichts im Raum außer dem Sonnenschein und der Gewißheit, daß ich bleiben mußte.

XVI

So bestimmt hatte ich damit gerechnet, die Rückkehr der Kinder würde von lebhaften Gefühlsäußerungen geprägt sein, daß ich erneut außer Fassung geriet, als ich feststellen mußte, daß sie mit taktvollem Schweigen einfach über mein Fernbleiben hinweggingen. Anstatt mich mit nicht ganz ernstgemeintem Tadel und Liebkosungen zu überschütten, enthielten sie sich jeder Anspielung darauf, daß ich sie im Stich gelassen hatte, und mir blieb einstweilen nichts anderes übrig, als Mrs. Grose' eigenartigen Gesichtsausdruck zu studieren, da auch sie offensichtlich nicht gewillt war, sich zu äußern. Dabei gelangte ich zu der Gewißheit, daß die Kinder auf irgendeine Weise ihr Schweigen erkauft hatten, ein Schweigen, das ich allerdings bei unserem ersten Gespräch unter vier Augen zu durchbrechen beabsichtigte. Die Gelegenheit dazu bot sich vor dem Nachmittagstee: Ich konnte mich fünf Minuten mit ihr allein in dem sauberen und schmucken Haushälterinnenzimmer unterhalten, wo sie mit sanfter, kummervoller Miene eingehüllt in den Duft von frischgebackenem Brot im Halbdunkel vor dem Kaminfeuer saß. So sehe ich sie auch heute noch, so sehe ich sie am deutlichsten vor mir: in dem dämmerigen, auf Hochglanz gebrachten Raum auf ihrem Stuhl mit der hohen Lehne sitzend, das Gesicht dem Feuer zugewandt, bot sie ein beeindruckendes, makelloses Bild von »Aufgeräumtheit« – von ge- und verschlossenen Schubladen und wohlverdienter Ruhe, auch wenn ihr kein wirklicher Friede vergönnt schien.

»Ja, ja, die Kinder haben mich gebeten, nichts zu sagen; um ihnen eine Freude zu machen, habe ich es ihnen versprochen – solange sie dabei sind. Aber was war mit Ihnen?«

»Ich habe euch nur auf dem Spaziergang begleitet«, antwortete ich. »Dann mußte ich zurück, um eine Bekannte zu treffen.«

Sie verhehlte ihre Überraschung nicht. »Eine Bekannte – *Sie?*«

»O ja, ein paar habe ich schon!« versetzte ich lachend. »Haben die Kinder Ihnen denn einen Grund genannt?«

»Weshalb ich Ihr Verschwinden nicht erwähnen sollte? Ja, sie sagten, es wäre Ihnen lieber so. Ist es Ihnen wirklich lieber?«

Meine Miene rief bei ihr offenbar Reue hervor. »Nein, ganz im Gegenteil!« Doch gleich darauf fügte ich hinzu: »Haben die Kinder gesagt, warum es mir lieber wäre?«

»Nein. Master Miles sagte nur: ›Wir dürfen nichts tun, was ihr nicht recht ist!‹«

»Ich wünschte, er hielte sich daran! Und was hat Flora gesagt?«

»Miss Flora war einfach entzückend. Sie sagte: ›Aber gewiß doch, gewiß!‹ Und eben das habe ich auch gesagt.«

Ich überlegte eine Sekunde. »Sie waren auch einfach entzückend – ich kann euch alle drei hören. Aber dennoch – zwischen Miles und mir liegt jetzt alles offen zutage.«

»Alles offen zutage?« Meine Gefährtin starrte mich an. »Aber was denn, Miss?«

»Alles. Doch das ist jetzt unwichtig. Ich habe einen Entschluß gefaßt. Ich bin nach Hause zurückgekehrt«, fuhr ich fort, »um mich mit Miss Jessel zu unterhalten.«

Zu jener Zeit hatte ich es mir bereits zur Gewohnheit gemacht, Mrs. Grose im wahrsten Sinne des Wortes fürsorglich an der Hand zu nehmen, bevor ich ihr gegenüber diesen Ton anschlug, so daß sie selbst jetzt, da sie angesichts der Tragweite meiner Worte tapfer blinzelte, verhältnismäßig gefaßt blieb. »Zu unterhalten! Wollen Sie damit sagen, sie sprach?«

»Es lief darauf hinaus. Ich traf sie bei meiner Rückkehr im Schulzimmer an.«

»Und was hat sie gesagt?« Ich kann Mrs. Grose noch heute hören und auch die Aufrichtigkeit ihrer Bestürzung.

»Sie leide die Qualen ...!«

Diese Bemerkung veranlaßte die gute Seele, mich mit weit aufgerissenen Augen anzustarren, während sie sich das von mir skizzierte Bild weiter ausmalte. »Sie meinen«, stammelte sie, »der Verstoßenen?«

»Der Verstoßenen. Der Verdammten. Und damit sie diese Qualen nicht allein erdulden muß ...« In Anbetracht des Grauens, das damit verbunden war, geriet ich nun selbst ins Stocken.

Doch meine mit weniger Phantasie begabte Gefährtin forderte mich auf weiterzusprechen. »Damit sie diese Qualen nicht allein erdulden muß ...?«

»... will sie Flora.« Mrs. Grose hätte sich bei dieser Eröffnung wohl von mir losgerissen, wäre ich nicht vorbereitet gewesen. Ich zeigte ihr, daß ich darauf gefaßt war, und hielt sie an meiner Seite fest: »Wie ich schon sagte, ist das jetzt aber nicht wichtig.«

»Weil Sie einen Entschluß gefaßt haben? Wozu sind Sie denn entschlossen?«

»Zu allem.«

»Und was nennen Sie ›alles‹?«

»Nun, ich werde ihren Onkel bitten herzukommen.«

»O ja, Miss, seien Sie so gut und tun Sie das!« stieß meine Freundin hervor.

»Ja, ja, das werde ich, das werde ich! Ich habe eingesehen, daß dies der einzige Weg ist. Ich habe gesagt, zwischen Miles und mir läge alles offen zutage. Nun geht es darum, dem Jungen zu zeigen, daß er sich irrt, wenn er glaubt, ich hätte Angst vor einem solchen Schritt, und meint, er könne daraus Vorteile ziehen. Jawohl, sollte man mir vorwerfen, im Hinblick auf einen weiteren Schulbesuch nichts unternommen zu haben, soll sein Onkel hier vor Ort – und falls nötig auch vor dem Jungen – von mir erfahren, daß ...«

»Ja, Miss ...«, drängte meine Gefährtin.

»Nun, daß der Grund dafür jene furchtbare Sache ist.«

Davon gab es in den Augen meiner armen Vertrauten inzwischen fraglos so viele, daß ihre Verwirrung durchaus entschuldbar war. »Aber … hm … welche?«

»Nun, der Brief von seiner alten Schule.«

»Sie wollen ihn dem gnädigen Herrn zeigen?«

»Das hätte ich gleich tun sollen.«

»O nein!« widersprach Mrs. Grose bestimmt.

»Ich werde ihm darlegen«, fuhr ich unerbittlich fort, »daß ich mich nicht imstande sehe, die Angelegenheit bei einem Kind zu entscheiden, das von der Schule verwiesen wurde …«

»… und dies aus einem Grund, den wir nie erfahren haben!« ergänzte Mrs. Grose.

»Der Grund war seine Verdorbenheit. Was sollte es sonst gewesen sein – wo er doch so klug und schön und nach außen hin ohne Fehl und Tadel ist? Ist er dumm? Ist er unordentlich? Ist er kränklich? Ist er zanksüchtig? Er ist ein vollendeter junger Gentleman – es kann also nur *das* sein; und dies würde auch die ganze Sache erklären. Schließlich«, fuhr ich fort, »ist es die Schuld seines Onkels. Wenn er solche Leute hier zurückläßt …!«

»Er kannte sie im Grunde genommen überhaupt nicht. Es ist alles meine Schuld.« Mrs. Grose war ganz blaß geworden.

»Nun, Sie sollen darunter nicht leiden«, erwiderte ich.

»Die Kinder sollen nicht leiden!« versetzte sie mit Nachdruck.

Ich schwieg eine Weile; wir sahen einander an. »Was soll ich ihm denn nun sagen?«

»Sie brauchen ihm gar nichts zu sagen. *Ich* werde es tun.«

Ich wog ihren Vorschlag ab. »Soll das heißen, *Sie* werden ihm …?« Ich hielt abrupt inne, als mir einfiel, daß sie ja nicht schreiben konnte. »Wie halten Sie eigentlich Verbindung mit ihm?«

»Ich sage es dem Gemeindediener, wenn es etwas mitzuteilen gibt. *Er* schreibt ihm dann.«

»Möchten Sie wirklich, daß *er* unsere Geschichte niederschreibt?«

Aus meiner Frage klang beißender Spott, den ich in dieser Schärfe nicht beabsichtigt hatte und der sie unversehens zusammenbrechen ließ. Erneut traten ihr Tränen in die Augen. »Ach, Miss, schreiben *Sie*!«

»Nun gut – heute abend«, erwiderte ich schließlich; und damit gingen wir auseinander.

XVII

Tatsächlich setzte ich mich noch am selben Abend hin, um die Aufgabe in Angriff zu nehmen. Das Wetter war wieder umgeschlagen, ein stürmischer Wind wehte, und während Flora friedlich neben mir schlief, saß ich in meinem Zimmer lange Zeit im Schein der Kerzen vor einem leeren Blatt Papier und lauschte dem peitschenden Regen und den an den Fenstern rüttelnden Windstößen. Schließlich nahm ich eine der Kerzen, trat auf den Flur hinaus, überquerte ihn und horchte eine Minute lang an der Tür zu Miles' Zimmer. Worauf ich, von meiner fixen Idee beherrscht, lauschte, war irgendein verräterisches Zeichen dafür, daß der Junge nicht schlief; ich gewahrte auch sogleich eines, allerdings nicht von der Art, wie ich es erwartet hatte. Seine Stimme erklang hell. »Heda, Sie da draußen – kommen Sie doch herein!« ertönte es fröhlich in der Finsternis.

Mit der Kerze in der Hand ging ich hinein und sah, daß er im Bett lag, hellwach zwar, aber ganz behaglich. »Nanu, was treibt *Sie* denn noch um?« fragte er mich mit einer zutraulichen Unbefangenheit, in der – so ging mir plötzlich durch den Sinn – Mrs. Grose, wäre sie zugegen gewesen, vergeblich nach einem Beweis dafür gesucht hätte, daß zwischen uns etwas »zutage gekommen« sei.

Ich beugte mich mit meiner Kerze über ihn. »Woher wußtest du, daß ich vor der Tür stand?«

»Na, ich habe Sie doch gehört. Bilden Sie sich etwa ein, Sie hätten kein Geräusch gemacht? Sie haben einen Lärm veranstaltet wie ein ganzes Kavallerieregiment«, erklärte er mit seinem bezaubernden Lachen.

»Dann hast du noch nicht geschlafen?«

»Nein! Ich liege wach und denke nach.«

Ich hatte meine Kerze bewußt ein wenig abseits abgestellt und mich dann, als er mir seine vertraute Hand einladend entgegenstreckte, zu ihm auf die Bettkante gesetzt. »Worüber denkst du denn nach?« fragte ich ihn.

»Worüber, um alles in der Welt, sollte ich nachdenken, meine Liebe, außer über *Sie*?«

»Ach, Miles, ich fühle mich durch deine Wertschätzung zwar sehr geehrt, aber mir wäre viel lieber, du schliefest.«

»Nun ja, wissen Sie, ich denke auch über diese sonderbare Sache zwischen uns nach.«

Mir fiel auf, wie kühl seine feste kleine Hand war. »Was für eine sonderbare Sache, Miles?«

»Na, wie Sie mich erziehen. Und all das andere!«

Einen Augenblick lang verschlug es mir geradezu den Atem, und selbst im schwachen Schein meiner Kerze konnte ich erkennen, daß der Junge mich aus seinen Kissen heraus anlächelte. »Was meinst du mit ›all das andere‹?«

»Ach, das wissen Sie doch, das wissen Sie doch!«

Darauf vermochte ich eine Minute lang nichts zu erwidern, obwohl ich, während ich seine Hand so festhielt und unsere Blicke sich noch immer trafen, spürte, daß mein Schweigen wie eine Bestätigung seiner Behauptung wirken mußte und daß vielleicht nichts in der ganzen wirklichen Welt damals so phantastisch anmutete wie unsere Beziehung in jenem Moment. »Du wirst ganz bestimmt wieder zur Schule gehen«, sagte ich schließlich, »falls es das ist, was dich beunruhigt. Aber nicht in das alte Internat – wir müssen ein anderes finden, ein besseres. Wie hätte ich wissen sollen, daß diese Frage dich quält, wo du es mir nie gesagt, dieses Thema überhaupt nie angesprochen hast?« Sein mir aufmerksam zugewandtes, von einer sanften Blässe gezeichnetes unschuldiges Gesicht ließ ihn in jenem Augenblick so anrührend aussehen wie einen wehmütigen kleinen Patienten in einem Kinderhospital, und ich hätte, als dieser Vergleich sich mir aufdrängte, sogleich alle meine irdischen Besitztümer hingegeben, hätte ich dafür die Krankenwärterin oder barmherzige Schwester sein dürfen, die zu seiner Genesung beitragen konnte. Aber vielleicht vermochte ich ja auch so zu helfen! »Weißt du, daß du mir nie etwas über deine Schule erzählt hast – ich meine die alte –, daß du sie nie auch nur mit einem Wort erwähnt hast?«

Er schien verwundert; er hatte noch immer das gleiche bezaubernde Lächeln auf den Lippen. Doch er war eindeutig bemüht, Zeit zu gewinnen; er wartete ab, sah mich hilfesuchend an. »Habe ich das nicht?« Es war nicht an *mir*, ihm zu helfen – das war Sache jener elenden Kreatur, der ich begegnet war!

Etwas im Ton und im Gesichtsausdruck des Jungen versetzte mir, als er sich dergestalt an mich wandte, einen schmerzhaften Stich im Herzen, wie ich ihn noch nie verspürt hatte, so unsäglich ergreifend war es, mit anzusehen, wie er sich seinen kleinen Kopf zerbrach und unter dem auf ihm lastenden Bann seine bescheidenen Mittel bis aufs äußerste ausschöpfte, um mir Unschuld und Gelassenheit vorzuspielen. »Nein, kein einziges Mal seit deiner Rückkehr. Du hast mir gegenüber weder jemals einen deiner Lehrer oder einen deiner Mitschüler erwähnt noch die kleinste Begebenheit, die sich an der Schule zugetragen hat. Nie, mein kleiner Miles, nie hast du auch nur eine Andeutung fallenlassen, was dort geschehen sein *könnte*. Du kannst dir also vorstellen, wie sehr ich im dunkeln tappe. Bis zu deiner Bemerkung heute morgen hast du, solange ich dich kenne, kaum einmal eine Anspielung auf dein früheres Leben gemacht. Das gegenwärtige schien dir vollauf zu genügen.« Es war erstaunlich, wie meine feste Überzeugung, er sei insgeheim frühreif – oder wie immer ich die verhängnisvolle Wirkung eines Einflusses nennen soll, den ich nur andeutungsweise anzusprechen wagte –, mich dazu veranlaßte, ihn ungeachtet des seelischen Aufruhrs, in dem er sich erkennbar befand, für Argumente ebenso zugänglich zu halten wie einen Erwachsenen, ja mich dazu zwang, ihn als intelligenten, mir geistig ebenbürtigen Menschen zu behandeln. »Ich dachte, du wolltest, daß alles so bliebe wie bisher.«

Mir fiel auf, daß er bei diesen Worten ein ganz klein wenig errötete. Jedenfalls schüttelte er ermattet wie ein Genesender, der sich etwas überanstrengt hat, den Kopf. »Nein – nein. Ich möchte fort.«

»Du bist Bly leid?«

»O nein, ich mag Bly.«

»Aber warum ...?«

»Ach, *Sie* wissen, was ein Junge möchte!«

Ich ahnte, daß ich es nicht so genau wußte wie Miles, und nahm erst einmal Zuflucht zu einer unverfänglichen Frage. »Du möchtest zu deinem Onkel?«

Daraufhin setzte er seine entzückende spöttische Miene auf und schüttelte abermals den Kopf auf dem Kissen. »Oh, so einfach können Sie sich da nicht herauswinden!«

Ich schwieg eine Weile, und ich glaube, jetzt war ich es, die die Farbe wechselte. »Mein Lieber, ich will mich gar nicht herauswinden!«

»Das könnten Sie auch nicht, selbst wenn Sie es wollten. Das können Sie nicht, das können Sie nicht!« Er lag da und sah mich in seiner bezaubernden Art an. »Mein Onkel muß herkommen, und Sie beide müssen die ganze Sache ein für allemal klären.«

»Wenn wir das tun«, erwiderte ich mit Nachdruck, »wird es darauf hinauslaufen, daß du von hier fortmußt, dessen kannst du gewiß sein.«

»Ja verstehen Sie denn nicht, daß das genau das ist, was ich erreichen will? Sie werden ihm erzählen müssen, daß Sie sich einfach nicht darum gekümmert haben – Sie werden ihm schrecklich viel erzählen müssen!«

Das Frohlocken, mit dem er dies äußerte, half mir, ihm für den Augenblick mit mehr Entschiedenheit zu begegnen. »Und wieviel wirst *du* ihm erzählen müssen, Miles? Es gibt da einiges, wonach er dich fragen wird.«

Er überlegte. »Sehr wahrscheinlich. Aber wonach genau?«

»Nun, nach Dingen, die du mir nie erzählt hast. Damit er entscheiden kann, was mit dir geschehen soll. Er kann dich nicht zurückschicken ...«

»Ich will nicht zurück!« fiel er mir ins Wort. »Ich will woanders hin.«

Er sagte das mit bewundernswerter Gelassenheit, mit zuversichtlicher, unanfechtbarer Heiterkeit; und zweifellos war es gerade dieser Ton, der in mir die schmerzliche Aussicht heraufbeschwor, mich das widernatürliche kindliche Trauerspiel ahnen ließ, daß der Junge sich wohl nach Ablauf von drei Monaten mit der gleichen gespielten Tapferkeit und mit noch mehr Schmach überhäuft wieder hier einfinden würde. Mit einem Mal übermannt von der Gewißheit, daß ich das nicht würde ertragen können, ließ ich mich hemmungslos gehen. Ich warf mich über den Jungen und umarmte ihn in meinem Mitgefühl voller Zärtlichkeit. »Lieber kleiner Miles, lieber kleiner Miles ...!«

Mein Gesicht befand sich nun nah an seinem, und er ließ zu, daß ich ihn küßte, ließ es gutgelaunt und nachsichtig einfach über sich ergehen. »Was ist denn, meine Teuerste?«

»Gibt es nichts – gar nichts –, was du mir sagen möchtest?«

Er wendete sich ein wenig ab; das Gesicht zur Wand gedreht, streckte er eine Hand hoch, um sie anzusehen, wie man es bei kranken Kindern mitunter beobachten kann. »Ich habe es Ihnen ja gesagt – ich habe es Ihnen heute morgen gesagt.«

Ach, wie leid er mir tat! »Daß ich dich in deiner Freiheit nicht so einschränken solle?«

Er drehte sich jetzt wieder mir zu und sah mich an, als erkenne er plötzlich, daß ich ihn verstünde. Und ganz sanft erklärte er: »Daß Sie mich in Ruhe lassen sollen.«

Von diesen Worten ging eine gewisse eigenartige Würde aus, etwas, das mich zwang, ihn loszulassen, mich dann aber, nachdem ich langsam aufgestanden war, neben seinem Bett verharren ließ. Gott weiß, daß *ich* ihn nie hatte quälen wollen, doch ich spürte, allein schon ihm jetzt den Rücken zu kehren, hätte bedeutet, ihn aufzugeben oder, was der Wahrheit näherkommt, ihn zu verlieren. »Ich habe gerade damit begonnen, einen Brief an deinen Onkel zu schreiben«, sagte ich.

»Nun, dann schreiben Sie ihn doch zu Ende!«

Ich wartete eine Minute. »Was geschah davor?«

Er blickte wieder zu mir auf. »Wovor?«

»Vor deiner Rückkehr. Und bevor du weggingst.«

Er schwieg eine ganze Weile, wich aber meinem Blick nicht aus. »Was geschah?«

Als ich dies vernahm – diesen Tonfall in seiner Frage vernahm, aus dem ich zum allerersten Mal ein flüchtiges, bebendes Eingeständnis seines Bescheidwissens herauszuhören meinte –, da ließ ich mich neben dem Bett auf die Knie sinken und griff begierig nach der Chance, vielleicht doch noch Macht über ihn zu gewinnen. »Lieber kleiner Miles, lieber kleiner Miles, wenn du nur *wüßtest,* wie gern ich dir helfen möchte! Einzig und allein das bewegt mich, das und nichts anderes, und ich würde lieber sterben, als dir Schmerz oder Unrecht zuzufügen – ich würde lieber sterben, als dir auch nur *ein* Haar zu krümmen. Lieber kleiner Miles ...« – ach, ich sprach es jetzt aus, auch auf die Gefahr hin, daß ich damit zu weit ginge – »... ich möchte doch nur, daß du mir dabei behilflich bist, dich zu retten!«

Schon in der nächsten Sekunde wußte ich indes, daß ich tatsächlich zu weit gegangen war. Die Antwort auf meine flehentliche Bitte kam umgehend, aber sie kam in Form einer unerhört starken Böe und frostiger Kälte, eines Schwalls eisiger Luft und einer heftigen Erschütterung, die das ganze Zimmer erbeben ließ, als seien im wütenden Wind die Fensterflügel krachend aufgeflogen. Der Junge stieß einen lauten, schrillen Schrei aus, der, in all dem anderen tosenden Lärm untergehend, unverständlich blieb, obwohl ich ganz in der Nähe stand, und der als Ausdruck sowohl des Frohlockens als auch des Erschreckens ausgelegt werden konnte. Ich sprang auf und wurde mir der Dunkelheit bewußt. So verharrten wir einen Augenblick lang, währenddessen ich mich umsah und feststellte, daß die zugezogenen Vorhänge sich nicht bewegten und das Fenster fest geschlossen war. »Oh, die Kerze ist ja aus!« entfuhr es mir.

»*Ich* habe sie ausgeblasen, meine Liebe!« sagte Miles.

XVIII

Am nächsten Tag fand Mrs. Grose nach dem Unterricht eine Gelegenheit, mich leise zu fragen: »Haben Sie geschrieben, Miss?«

»Ja, ich habe geschrieben.« Allerdings sagte ich nicht dazu, daß sich mein Brief, versiegelt und mit der Anschrift versehen, noch in meiner Tasche befand. Es blieb noch genügend Zeit, ihn für den Boten bereitzulegen, ehe dieser sich auf den Weg ins Dorf machte. Unterdessen hatten meine Schüler sich an jenem Vormittag noch mehr hervorgetan und noch mustergültiger verhalten als sonst. Es schien gerade so, als seien beide eifrig bemüht, jedwede kleine Verstimmung der letzten Zeit vergessen zu machen.

Sie führten die schwindelerregendsten Rechenkunststücke vor, die *meinen* bescheidenen Rahmen weit überstiegen, und glänzten, in ausgelassenerer Stimmung denn je, mit von ihnen selbst »verbrochenen« Scherzen, zu denen der Erdkunde- und Geschichtsunterricht sie inspirierte. Natürlich war es auffällig, daß gerade Miles mir offenbar vor Augen führen wollte, wie mühelos er mich zu übertrumpfen vermochte. Dieser Junge lebt in meiner Erinnerung wahrlich in einer mit Worten nicht zu beschreibenden Welt der Schönheit und der Jämmerlichkeit; eine ihm eigene Vornehmheit zeichnete jede Regung aus, die er erkennen ließ; nie war ein Geschöpf der Natur, das auf das unerfahrene Auge einen ganz und gar unverbildeten und arglosen Eindruck machte, je ein geistvollerer, ein außergewöhnlicherer kleiner Gentleman. Ich mußte mich ständig davor hüten, in die bewundernde Betrachtung zu verfallen, zu der mein Blickwinkel als Eingeweihte mich verleitete, mußte dem fruchtlosen Starren und entmutigten Seufzen Einhalt gebieten, mit denen ich das Rätsel stets aufs neue zu lösen versuchte und es dann wieder aufgab – das Rätsel, durch welches Vergehen sich ein solch kleiner Gentleman eine Strafe verdient haben könnte. Einmal angenommen, durch den finsteren Unhold, den ich kannte, hätte sich ihm tatsächlich die ganze Vorstellungswelt des Bösen eröffnet, so verlangte mein Gerechtigkeitsgefühl doch brennend nach einem Beweis, daß es sich jemals in einer Handlung geäußert habe.

Jedenfalls war er noch nie ein solch vollendeter kleiner Gentleman gewesen wie damals, als er nach unserem frühen Mittagessen an diesem schrecklichen Tag zu mir kam und mich fragte, ob er mir vielleicht eine halbe Stunde auf dem Klavier vorspielen solle. David, wenn er vor Saul spielte, konnte kein feineres Einfühlungsvermögen bewiesen haben. Es war im wahrsten Sinne des Wortes ein bezaubernder Beweis seines Feingefühls und seines Edelmuts, mit dem er mir indes ebenso deutlich, als hätte er es offen ausgesprochen, sagte: »Die wahren Ritter, von denen wir so gern lesen, nutzen ihre Überlegenheit nie bis zum letzten aus. Ich weiß, was Sie jetzt vorhaben: Um selbst in Ruhe gelassen und nicht weiter verfolgt zu werden, werden Sie aufhören, mich zu behelligen und mir nachzuspionieren, werden Sie mich nicht mehr so eng an sich fesseln, werden Sie mich kommen und gehen lassen, wie ich will. Nun, Sie sehen, ich ›komme‹ – aber ich gehe nicht! Dazu wird später noch genügend Zeit sein; Ihre Gesellschaft bereitet mir wirklich großes Vergnügen, und ich möchte Ihnen zeigen, daß es mir ums Prinzip ging.« Man mag sich ausmalen, ob ich mich diesem Anerbieten verschloß und es unterließ, seine Hand zu nehmen und ihn einmal mehr ins Schulzimmer zu begleiten oder nicht. Er setzte sich an das alte Klavier und spielte, wie er noch nie zuvor gespielt hatte; und wenn es Leute gibt, die der Meinung sind, er hätte lieber Fußball spielen sollen, dann kann ich nur sagen, daß ich ihnen voll und ganz beipflichte. Denn nach einer gewissen Zeit, für die ich unter dem Einfluß seines Spiels jegliches Empfinden verloren hatte, schreckte ich in dem unguten Gefühl hoch, doch tatsächlich auf meinem Posten eingeschlafen zu sein. Zwar hatten wir gerade zu Mittag gegessen, und ich saß vor dem Kaminfeuer im Schulzimmer, dennoch hatte ich keineswegs geschlafen; allein, ich hatte etwas viel Schlimmeres getan – ich hatte alles um mich herum vergessen. Wo war Flora? Als ich Miles danach fragte, spielte er noch eine Minute lang weiter, ehe er antwortete, und dann sagte er nur: »Aber, meine Liebe, woher soll ich denn das wissen?« Dabei brach er in ein fröhliches Lachen aus, das er, als handele es sich um eine Untermalung seines Spiels, sogleich in unzusammenhängenden, recht eigenwilligen Gesang übergehen ließ.

Ich begab mich unverzüglich auf mein Zimmer, aber auch dort war seine Schwester nicht; ehe ich die Treppe hinunterging, sah ich noch in mehreren anderen Zimmern nach. Da sie auch hier nirgendwo war, mußte sie wohl bei Mrs. Grose sein, und mit diesem tröstlichen Gedanken machte ich mich folglich auf die Suche nach der Haushälterin. Ich fand sie, wo ich sie schon am Abend zuvor angetroffen hatte, doch auf meine hastig vorgebrachte Frage hin beteuerte sie nur mit verstörter, erschrockener Miene ihre Unwissenheit. Sie hatte geglaubt, ich hätte nach der Mahlzeit beide Kinder mitgenommen; dieser Meinung war sie durchaus zu Recht gewesen, denn es war das allererste Mal, daß ich Flora aus den Augen gelassen hatte, ohne zuvor gewisse Vorkehrungen zu treffen. Natürlich bestand noch die Möglichkeit, daß sie sich bei den Stubenmädchen aufhielt, so daß es das Nächstliegende war, bei diesen nach ihr zu suchen, ohne uns indes unsere Besorgnis anmerken zu lassen. Das wurde sogleich zwischen uns abgesprochen; als wir uns unserer Absprache gemäß zehn Minuten später wieder in der Halle trafen, war beiderseits jedoch nichts anderes zu vermelden, als daß wir bei unseren jeweiligen behutsamen Nachforschungen auf keine Spur unseres Schützlings gestoßen waren. Da wir uns unbeobachtet wußten, ließen wir uns unsere Besorgnis jetzt auch anmerken, und ich spürte, mit welch großer Anteilnahme meine Freundin meine Beunruhigung, die sich ihr von Anfang an mitgeteilt hatte, erwiderte.

»Sie wird oben sein«, sagte sie gleich darauf, »in einem der Zimmer, in denen Sie nicht nachgesehen haben.«

»Nein, sie ist nicht mehr im Haus.« Davon war ich inzwischen fest überzeugt. »Sie ist ins Freie gegangen.«

Mrs. Grose starrte mich an. »Ohne Hut?«

Mein Blick war freilich ebenfalls vielsagend. »Sieht man diese Frau nicht auch immer ohne Hut?«

»Flora ist bei *ihr?*«

»Flora ist bei *ihr!*« erklärte ich. »Wir müssen sie finden.«

Meine Hand lag auf dem Arm meiner Freundin, doch unter dem Eindruck einer solchen Lagebeschreibung reagierte sie nicht auf die Berührung, mit der ich sie zur

Eile drängte. Sie stand vielmehr, ganz in ihre beunruhigenden Gedanken versunken, wie angewurzelt da. »Und wo ist Master Miles?«

»Ach, der ist bei Quint. Die beiden werden im Schulzimmer sein.«

»Großer Gott, Miss!« In meiner Sicht der Dinge, dessen war ich mir bewußt – und somit wohl auch in meinem Ton –, drückte sich eine selbstsichere Gelassenheit aus, wie ich sie bisher noch nie erreicht hatte.

»Die List hatte den gewünschten Erfolg«, fuhr ich fort. »Es ist ihnen gelungen, ihren Plan umzusetzen. Der Junge ist auf eine geradezu göttliche Idee verfallen, um mich abzulenken, während seine Schwester sich davonstahl.«

»›Göttlich?‹« wiederholte Mrs. Grose verstört.

»Dann eben teuflisch!« erwiderte ich beinahe fröhlich. »Er hat damit auch für sich selbst vorgesorgt. Aber kommen Sie jetzt!«

Ratlos und bedrückt hatte sie nach oben geblickt. »Sie wollen ihn ...?«

»... solange bei Quint lassen? Ja, das ist mir im Augenblick einerlei.«

Solche Momente endeten stets damit, daß sie meine Hand ergriff, und auf diese Weise vermochte sie mich auch jetzt noch länger aufzuhalten. Nachdem sie angesichts meines plötzlichen Sinneswandels einen Augenblick nach Atem gerungen hatte, stieß sie jedoch erwartungsvoll hervor: »Wegen Ihres Briefes?«

Gleichsam als Antwort auf ihre Frage tastete ich rasch nach meinem Brief, zog ihn aus der Tasche, hielt ihn hoch, befreite mich aus Mrs. Grose' Griff und ging dann zu dem großen Tisch in der Halle, um ihn dort abzulegen. »Lukas wird ihn mitnehmen«, sagte ich, als ich zu ihr zurückkam. Ich trat an die Haustür und öffnete sie; dann war ich auch schon auf der Treppe.

Meine Gefährtin zauderte noch immer: Der Sturm, der in der Nacht und am frühen Morgen getobt hatte, war zwar abgeflaut, doch der Nachmittag war feucht und grau. Ich eilte schon die Stufen zur Auffahrt hinunter, als sie noch immer an der Tür stand. »Wollen Sie sich denn nichts überziehen?« rief sie mir nach.

»Warum sollte ich, wo das Kind doch auch nichts übergezogen hat? Ich habe keine Zeit dazu«, versetzte ich, »und wenn Sie sich unbedingt etwas anziehen müssen, dann gehe ich eben allein. Sie können sich ja unterdessen schon einmal oben ans Werk machen.«

»Bei den beiden?« Ach, daraufhin schloß die Arme sich mir unverzüglich an!

XIX

Wir gingen auf dem kürzesten Weg zum See, wie der Teich von Bly genannt wurde, und wohl zu Recht genannt wurde, obschon er von seiner Fläche her vielleicht nicht so bemerkenswert sein mochte, wie er meinem reiseunerfahrenen Blick erschien. Ich kannte nicht viele größere Gewässer; jedenfalls hatte er mich bei den wenigen Gelegenheiten, bei denen ich eingewilligt hatte, mich unter dem Schutz meiner Zöglinge in dem alten Kahn, der dort für unseren Gebrauch vertäut lag, auf seine Wasser hinauszuwagen, sowohl durch seine Ausdehnung als auch seine Bewegtheit beeindruckt. Die Stelle, an der wir üblicherweise das Boot bestiegen, lag zwar eine halbe Meile vom Haus entfernt, doch ich war der festen Überzeugung, daß Flora, wo immer sie auch sein mochte, sich ganz gewiß nicht in der Nähe des Hauses aufhielt. Sie hatte sich nicht um irgendeines kleinen Abenteuers willen davongestohlen, und seit dem Tag der wahrhaft abenteuerlichen Begebenheit, die ich mit ihr zusammen am Teich erlebt hatte, war mir auf unseren Spaziergängen klargeworden, wohin es sie besonders zog. Deshalb hatte ich nun Mrs. Grose' Schritte in eine ganz bestimmte Richtung gelenkt – eine Richtung, die sie, als sie sich ihrer bewußt wurde, zu einem widerstrebenden Zögern veranlaßte, das mir ihre neuerliche Verwirrung verriet. »Sie gehen zum Wasser, Miss? Sie glauben, sie ist *ins* ...?«

»Das wäre schon möglich, doch ist der See meines Wissens nirgendwo sehr tief. Allerdings erscheint es mir am wahrscheinlichsten, daß wir sie an der Stelle finden werden, von der aus wir damals zusammen das sahen, was ich Ihnen geschildert habe.«

»Als sie vorgab, nichts zu sehen ...?«

»... und dies mit jener erstaunlichen Selbstbeherrschung! Ich war schon immer davon überzeugt, daß sie gern einmal allein dorthin zurückkehren wollte. Und nun hat ihr Bruder es ihr ermöglicht.«

Mrs. Grose stand noch immer an der Stelle, an der sie innegehalten hatte. »Sie glauben, die Kinder unterhalten sich tatsächlich über die beiden?«

Diese Frage konnte ich eindeutig bejahen! »Sie sagen Dinge, über die wir schlechterdings entsetzt wären, hörten wir sie.«

»Und wenn Flora wirklich dort ist ...?«

»Ja?«

»... dann ist Miss Jessel auch dort?«

»Zweifellos. Sie werden schon sehen.«

»Oh, vielen Dank, lieber nicht!« rief meine Freundin und blieb wie angewurzelt stehen, so daß ich, da ich dessen inne wurde, einfach ohne sie weiterging. Als ich den Teich erreichte, war sie indes wieder dicht hinter mir, und ich wußte, daß sie zu der Ansicht gelangt war, ungeachtet ihrer Befürchtungen, was mir alles widerfahren mochte, drohe ihr wohl am wenigsten Gefahr, wenn sie sich an meiner Seite hielte. Sie seufzte vor Erleichterung auf, als wir schließlich den größten Teil des Gewässers vor uns liegen sahen, ohne eine Spur von dem Kind zu entdecken. Flora befand sich weder auf dem diesseitigen Ufer, wo ich damals ihr so außerordentlich beunruhigendes Verhalten beobachtet hatte, noch auf der gegenüberliegenden Seite, auf der dichtes Gestrüpp bis auf etwa zwanzig Meter an den Teich heranreichte. Die Wasserfläche war im Verhältnis zu ihrer Länge so schmal, daß man sie, hätte man das Ufer an beiden Enden nicht gesehen, auch für ein gemächlich dahinströmendes Flüßchen hätte halten können. Wir blickten auf die menschenleere Landschaft, und gleich darauf bemerkte ich die Andeutung in den Augen meiner Freundin. Ich wußte, was sie sagen wollte, und antwortete mit einem Kopfschütteln.

»Nein, nein; warten Sie! Sie hat das Boot genommen.«

Meine Gefährtin starrte auf den leeren Anlegeplatz, dann ließ sie ihren Blick wieder über den See schweifen. »Und wo ist es?«

»Daß wir es nicht sehen, ist der deutlichste Beweis. Sie hat es zum Übersetzen benutzt und dann gut versteckt.«

»Flora ganz allein? Dieses Kind?«

»Sie ist nicht allein, und zu solchen Zeiten ist sie auch kein Kind, sondern vielmehr eine sehr, sehr alte Frau.« Ich suchte erneut das gesamte sichtbare Ufer ab, während Mrs. Grose sich wieder einmal ergeben in die absonderliche Auslegung fügte, die ich ihr anbot; schließlich erklärte ich, das Boot könne sich durchaus in einem kleinen Schlupfwinkel befinden, der von einer der Ausbuchtungen des Ufers gebildet wurde – in einer verborgenen Bucht am diesseitigen Ufer hinter einem Landvorsprung und einer nahe am Wasser stehenden Baumgruppe.

»Aber wenn das Boot dort ist, wo um Himmels willen ist dann *sie*?« fragte meine Begleiterin besorgt.

»Genau das gilt es herauszufinden.« Und mit diesen Worten ging ich weiter.

»Indem wir dorthin gehen?«

»Gewiß, auch wenn es weit scheint. Wir werden zwar nur zehn Minuten brauchen, doch ist es immerhin so weit, daß das Kind es vorzog, nicht zu Fuß zu gehen. Es hat auf dem kürzesten Weg übergesetzt.«

»Großer Gott!« rief meine Freundin abermals: Die Logik meiner Darlegungen war einfach zu zwingend. Sie veranlaßte meine Gefährtin, sich auch jetzt an meine Fersen zu heften, und als wir den halben Weg zurückgelegt hatten – ein mühevolles, mit manchem Umweg verbundenes Unterfangen auf äußerst unebenem Gelände und einem von Gestrüpp überwucherten Pfad –, hielt ich inne, um sie Atem holen zu lassen. Ich bot ihr dankbar meinen Arm an und versicherte ihr, sie könne mir möglicherweise eine enorme Hilfe sein; daraufhin setzten wir unseren Weg fort, und schon nach wenigen Minuten gelangten wir an einen Punkt, von dem aus wir das Boot just dort entdeckten, wo ich es vermutet hatte. Es war absichtlich so gut wie möglich vor Blicken verborgen und an einem der Pfosten eines Zaunes festgemacht worden, der gerade an dieser Stelle bis ans Ufer reichte und Hilfe beim Anlegen bot. Als ich die beiden kurzen, dicken Ruder sah, die ordentlich eingezogen im Boot lagen, wurde mir klar, welch ein erstaunlicher Kraftakt dieses Unternehmen für ein kleines Mädchen war; doch hatte ich es inzwischen schon lange genug mit wundersamen Dingen zu tun und oft genug angesichts noch verblüffenderer Vorkommnisse nach Atem gerungen. Im Zaun befand sich ein Gatter; wir traten hindurch und gelangten gleich darauf in offeneres Gelände. Plötzlich riefen wir wie aus einem Munde: »Da ist sie!«

Nicht weit von uns entfernt stand Flora im Gras und lächelte, als sei ihre Vorstellung jetzt erst vollkommen. Im nächsten Augenblick jedoch bückte sie sich und pflückte – gerade so, als sei das der einzige Grund für ihr Hiersein – einen großen häßlichen verwelkten Farnwedel. Sogleich drängte sich mir der Eindruck auf, sie sei eben erst aus dem Unterholz herausgetreten. Sie machte keinen Schritt auf uns zu, sondern wartete auf uns, und ich war mir der eigenartigen Feierlichkeit bewußt, mit der wir uns ihr unverzüglich näherten. Sie lächelte unablässig, und schließlich standen wir vor ihr; all dies spielte sich in einer mittlerweile unverkennbar unheilvollen Stille ab. Mrs. Grose brach den Bann als erste: Sie ließ sich auf die Knie fallen, zog das Kind an ihre Brust und drückte in einer langen Umarmung den zarten, biegsamen kleinen Körper an sich. Ich konnte bei diesem stummen Gefühlsausbruch nur zusehen – was ich indes um so aufmerksamer tat, als ich bemerkte, daß Flora über die Schulter meiner Gefährtin hinweg verstohlen nach mir lugte. Ihr Gesicht war jetzt ernst – das fröhliche Flackern war daraus verschwunden –, doch ließ es mich nur noch schmerzlicher empfinden, wie sehr ich in jenem Augenblick Mrs. Grose um die Unkompliziertheit *ihrer* Beziehung zu dem Kind beneidete. Während der gesamten Zeit war nichts weiter geschehen, als daß Flora ihren albernen Farn wieder hatte fallen lassen. Mit Blicken hatten sie und ich einander zu verstehen gegeben, daß Ausflüchte nun sinnlos seien. Als Mrs. Grose sich schließlich wieder erhob, hielt sie die Kleine an der Hand fest und blieb mit ihr vor mir stehen; die eigenartige stumme Verständigung zwischen uns wurde durch den offenen Blick, mit dem sie mich ansah, nur noch mehr betont. »Ich will mich hängen lassen«, sagte er, »wenn ich rede!«

Es war Flora, die, nachdem sie mich von Kopf bis Fuß mit aufrichtiger Verwunderung gemustert hatte, als erste sprach. Ihr war aufgefallen, daß wir barhäuptig waren. »Aber wo sind denn Ihre Sachen?«

»Wo deine sind, mein Liebes!« erwiderte ich rundheraus.

Sie hatte ihre Fröhlichkeit bereits wiedergewonnen und schien diese Antwort für durchaus angemessen zu halten. »Und wo ist Miles?« fragte sie weiter.

In der kindlichen Unerschrockenheit, die daraus sprach, lag etwas, das mir von einem Augenblick zum anderen einen vernichtenden Schlag versetzte: Diese vier Worte waren wie das Aufblitzen einer gezogenen Klinge, wie ein heftiger Stoß gegen den bis zum Rand gefüllten Becher, den ich seit Wochen in die Höhe gehalten hatte und den ich jetzt, noch ehe ich etwas sagte, in einem Sturzbach überfließen fühlte: »Ich werde es dir erzählen, wenn du *mir* erzählst ...« hörte ich mich sagen, ehe ich das Zittern bemerkte, in dem meine Stimme dann erstarb.

»Ja, was denn?«

Aus Mrs. Grose' Augen schlugen mir bange Zweifel entgegen, aber es war schon zu spät, und ich brachte meine Frage doch noch verständlich heraus: »Wo, mein Liebling, ist Miss Jessel?«

XX

Wie schon bei der Unterredung mit Miles auf dem Kirchhof, so brach auch jetzt die ganze Sache über uns herein. Weil ich stets so sehr darauf bedacht gewesen war, daß dieser Name in unserer Runde nie ausgesprochen wurde, ließ der rasche, betroffene Blick, mit dem Flora seine Erwähnung nun aufnahm, erkennen, daß mein Bruch des Schweigens gleichsam auf sie wirkte wie das Einschlagen einer Glasscheibe. Er verband sich mit dem Aufschrei, den Mrs. Grose im selben Moment angesichts meines schonungslosen Vorgehens ausstieß, als wolle sie damit den Schlag mildern – dem Schrei eines verängstigten oder vielmehr verwundeten Geschöpfs, der binnen weniger Sekunden durch einen erstaunten Ausruf meinerseits ergänzt wurde. Ich packte meine Freundin am Arm. »Da ist sie, da ist sie!«

Miss Jessel stand, genauso wie beim ersten Mal, vor uns auf dem gegenüberliegenden Ufer, und ich erinnere mich, daß eigenartigerweise die erste Empfindung, die ihr Anblick in mir auslöste, eine freudige Erregung war, weil ich endlich einen Beweis beibringen konnte. Sie war da; also war ich in meiner Haltung bestätigt und gerechtfertigt; sie war da, also war ich weder grausam noch verrückt. Sie war da, sichtbar für die arme, zu Tode erschrockene Mrs. Grose, vor allem aber für Flora; und vielleicht kein anderer Augenblick meiner schreckensvollen Zeit war so absonderlich wie jener, da ich dieser Frau bewußt ein paar unausgesprochene Worte des Dankes entgegenschleuderte – überzeugt davon, bleiche, gierige Unholdin, die sie war, würde sie sie auffangen und verstehen. Aufrecht stand sie an der Stelle, die meine Freundin und ich eben erst verlassen hatten, und über die ganze weite Strecke hinweg, über die ihr Begehren bis zu uns drang, ging kein Quentchen ihrer Bosheit verloren. Diese erste lebhafte Wahrnehmung und Erregung war eine Sache von wenigen Sekunden, während derer Mrs. Grose' verstörtes Blinzeln in die Richtung, in die ich zeigte, mir verriet, daß auch sie jetzt endlich »sah«, ehe es mich veranlaßte, meinen Blick schleunigst dem Kind zuzuwenden. Floras Verhalten, das sich mir daraufhin offenbarte, beunruhigte mich wahrlich weit mehr, als es der Fall gewesen wäre, hätte auch sie wenigstens Aufregung erkennen lassen – unverhohlenes Entsetzen hatte ich ja ohnehin nicht erwartet. Unser Auftauchen hatte sie gewarnt; sie war auf der Hut und würde jede verräterische Reaktion unterdrücken; dementsprechend erschütterte mich schon das erste Anzeichen jenes Verhaltens, mit dem ich ganz und gar nicht gerechnet hatte. Zu sehen, wie sie, ohne ihr rosiges Gesichtchen dabei zu verziehen, nicht einmal vorgab, in die Richtung der gespenstischen Frauengestalt zu blicken, deren Erscheinen ich vermeldete, sondern statt dessen *mich* mit einem Ausdruck nüchternen, stillen Ernstes musterte, einem völlig neuen Ausdruck, den ich bei dem Kind noch nie wahrgenommen hatte und der mich zu durchbohren, anzuklagen und zu verurteilen schien – das war ein Schlag, der die kleine Flora für mich in gewisser Weise selbst zu einem unheilvollen Wesen machte. Ihre Kaltblütigkeit verschlug mir den Atem, denn meine Gewißheit, sie sehe die Erscheinung sehr wohl, war nie größer gewesen als in ebenjenem Augenblick; dann rief ich sie, in dem unwillkürlichen Bedürfnis, mich zu verteidigen, in leidenschaftlichem Ton als Zeugin an. »Da ist sie, du unseliges kleines Ding – da, da, *da*, und du kennst sie so gut, wie du *mich* kennst!« Erst kurz zuvor hatte ich zu Mrs. Grose gesagt, zu solchen Zeiten sei Flora kein Kind mehr, sondern eine uralte Frau, und meine Beschreibung hätte nicht eindrucksvoller bestätigt werden können als durch die Art, wie die Miene der Kleinen, obgleich sie um alles wußte, anstatt ein Zeichen des Einlenkens oder Eingeständnisses erkennen zu lassen, mir gegenüber immer größeres, ja plötzlich ganz entschiedenes Mißfallen ausdrückte. Ich war mittlerweile – wenn ich denn überhaupt die ganze Sache so zusammenfassen kann – über ihr Verhalten weit mehr entsetzt als über alles andere, auch wenn ich fast gleichzeitig merkte, daß ich mit Mrs. Grose ebenfalls zu rechnen hatte – und dies in nicht unerheblichem Maße. Die ältere meiner Gefährtinnen ließ jedenfalls im nächsten Moment alles in den Hintergrund treten außer ihrem geröteten Gesicht und ihrem lauten, empörten Protest, einem jähen Ausbruch höchster Mißbilligung. »Was für eine schaurige Posse, Miss, wahrhaftig! Wo um alles in der Welt sehen Sie irgend etwas?«

Ich konnte sie nur noch fester am Arm packen, denn selbst während Mrs. Grose sprach, stand die gräßliche Gestalt deutlich sichtbar und unerschrocken da. Die Erscheinung hatte bereits eine Weile gedauert, und sie dauerte noch an, als ich, meine Gefährtin regelrecht in ihre Richtung stoßend und noch immer auf sie weisend, entgeistert fragte: »Sehen Sie sie denn nicht genauso, wie *wir* sie sehen? Wollen Sie etwa sagen, Sie sehen sie nicht – noch nicht einmal jetzt? Sie ist unübersehbar wie ein loderndes Feuer! Schauen Sie doch nur hin, meine Beste, so schauen Sie doch ...!« Sie schaute wie ich hin und gab mir durch ein tiefes Aufstöhnen, aus dem ein entschiedenes Nein, Widerwille und Anteilnahme sprachen – und in dem sich ihr Mitgefühl mit ihrer Erleichterung darüber mischte, daß sie von dem Anblick verschont blieb –, gab mir das mich selbst in dieser Situation anrührende Gefühl, sie hätte mir sehr wohl den Rücken gestärkt, wäre sie nur dazu imstande gewesen. Das hätte ich auch durchaus nötig gehabt, denn angesichts des herben Rückschlags, den dieser Beweis für mich bedeutete, daß ihre Augen hoffnungslos verschlossen waren, fühlte ich eine entsetzliche Schwächung meiner eigenen Position, fühlte ich – *sah* ich – meine fahle Vorgängerin von ihrem Standort aus meine Niederlage vorantreiben; vor allem aber versuchte ich an Floras überraschendem Verhalten zu ermessen, womit ich fortan zu rechnen hätte. Dieses Verhalten griff Mrs. Grose sofort voller Inbrunst auf, indem sie, noch während sich in mein Gefühl des Scheiterns ein erstaunliches heimliches Frohlocken drängte, in atemlose Beteuerungen verfiel.

»Sie ist nicht da, kleines Fräulein, niemand ist da – und du hast gar nichts gesehen, mein Liebling! Wie kann die arme Miss Jessel ... – wo die arme Miss Jessel doch tot und begraben ist? *Wir* wissen das, nicht wahr, Liebes?« redete sie unbeholfen auf das Kind ein. »Es ist alles bloß ein Mißverständnis, eine Widrigkeit, ein Scherz – und wir werden, so schnell wir können, nach Hause gehen!«

Darauf hatte unsere Gefährtin merkwürdig eilfertig und mit fast übertriebener Artigkeit reagiert, und wieder waren sie – nachdem Mrs. Grose sich erneut zu ihr gesellt hatte – gleichsam in betretener Opposition gegen mich vereint. Flora musterte mich noch immer mit der abweisenden Miene, die sie wie eine Maske aufgesetzt hatte, und selbst in diesem Augenblick bat ich Gott um Vergebung dafür, daß es mir, während sie dastand und sich an die

Röcke unserer Freundin klammerte, so vorkam, als sei ihre unvergleichliche kindliche Schönheit auf einmal im Schwinden begriffen, als sei sie gar gänzlich aus ihren Zügen geschwunden. Ich sagte es bereits – sie waren im wahrsten Sinne des Wortes hart, abscheulich hart; sie waren gewöhnlich, ja fast häßlich geworden. »Ich weiß nicht, was Sie meinen. Ich sehe niemanden. Ich sehe nichts. Ich habe *nie* etwas gesehen. Sie sind grausam. Ich mag Sie nicht!« Nach diesem Ausbruch, der das wilde Gezeter eines ungebärdig-vorlauten kleinen Mädchens von der Straße hätte sein können, drückte sie sich noch enger an Mrs. Grose und verbarg ihr schreckliches Gesichtchen in deren Rockfalten. In dieser Haltung brach sie in ein geradezu hysterisches Wehgeschrei aus. »Bringen Sie mich fort, bringen Sie mich fort – ach, bringen Sie mich doch fort von *ihr!*«

»Von mir?« stieß ich, um Luft ringend, hervor.

»Von Ihnen – von Ihnen!« schrie sie.

Selbst Mrs. Grose sah bestürzt zu mir herüber, während ich nichts anderes zu tun wußte, als mich erneut der Gestalt zuzuwenden, die, bestrebt, meine Niederlage zu befördern, und demzufolge unwillig, mir zu Hilfe zu kommen, so reglos und starr am jenseitigen Ufer stand, daß man meinen konnte, sie finge über die Entfernung hinweg unsere Stimmen auf. Das unselige Kind hatte gerade so gesprochen, als hätte ihm jemand von außen jedes seiner verletzenden Worte eingegeben, und deshalb vermochte ich, wiewohl voller Verzweiflung über all das, was ich hinnehmen mußte, meinen Empfindungen nur mit einem traurigen Kopfschütteln Ausdruck zu verleihen. »Hätte ich jemals Zweifel gehegt, so wären sie jetzt allesamt verflogen. Ich habe schon geraume Zeit mit der beklagenswerten Wahrheit gelebt, aber nun hat sie sich mir allzu deutlich aufgedrängt. Natürlich habe ich dich verloren: Ich habe mich eingemischt, doch du hast unter *ihrer* Anleitung« – dabei sah ich abermals über den Teich zu dem dämonischen Wesen hinüber, das uns beobachtete – »den einfachsten und sichersten Weg gefunden, damit umzugehen. Ich habe mein Bestes getan, aber ich habe dich verloren. Leb wohl.« Für Mrs. Grose hatte ich nur ein gebieterisches, beinahe rasendes: »Gehen Sie, gehen Sie!«, worauf sie sich unendlich bekümmert, aber das kleine Mädchen schweigend an der Hand nehmend und – trotz ihrer Blindheit – zutiefst überzeugt, daß etwas Schreckliches geschehen sei und irgendein Abgrund uns zu verschlingen drohe, so schnell sie konnte, auf dem gleichen Weg zurückzog, den wir gekommen waren.

An das, was dann geschah, als ich allein war, konnte ich mich hinterher nicht erinnern. Ich wußte nur, daß ich nach einer Weile – ich vermute nach etwa einer Viertelstunde – eine intensiv riechende Feuchtigkeit und die Unebenheit des Bodens wahrnahm, die durch meinen Kummer hindurchdrangen und mich wieder zu mir kommen ließen, und ich begriff, daß ich mich offenbar, mit dem Gesicht nach unten, auf die Erde geworfen und meinem unbändigen Schmerz freien Lauf gelassen hatte. Ich muß lange Zeit dort gelegen und geweint und geklagt haben, denn als ich den Kopf hob, neigte sich der Tag schon dem Ende zu. Ich stand auf und schaute durch das Dämmerlicht einen Augenblick auf den grauen Teich und sein menschenleeres, zuweilen von gespenstischen Gestalten heimgesuchtes Ufer, ehe ich mich auf den trübseligen und beschwerlichen Rückweg machte. Als ich das Gatter erreichte, war zu meiner Überraschung das Boot verschwunden, so daß mir erneut vor Augen geführt wurde, mit welch außergewöhnlichem Klarblick Flora die Situation beherrschte. Aufgrund eines stillschweigenden und – wirkte das Wort hier nicht geradezu grotesk, müßte ich hinzufügen – eines äußerst glücklichen Einverständnisses verbrachte sie jene Nacht bei Mrs. Grose. Nach meiner Rückkehr sah ich die beiden nicht mehr, dafür aber, als wäre es eine Art hintergründiger Ausgleich, Miles um so ausgiebiger. Ich sah ihn – ich kann es nicht anders beschreiben – so ausgiebig, daß es schwerer wog denn je. Keiner der Abende, die ich bisher auf Bly verbracht hatte, war so unheilschwanger gewesen wie dieser; trotzdem – und trotz der unermeßlichen Bestürzung, die sich wie ein Abgrund unter meinen Füßen aufgetan hatte – lag in dem allmählich an Intensität verlierenden Geschehen buchstäblich eine seltsam süße Wehmut. Beim Betreten des Hauses hatte ich gar nicht nach dem Jungen Ausschau gehalten; ich war geradewegs auf mein Zimmer gegangen, um mich umzuziehen. Dort hatte ich an den vorgenommenen Veränderungen auf den ersten Blick erkannt, daß Flora mit mir gebrochen hatte. Ihre kleinen Besitztümer waren allesamt entfernt worden. Als mir später am Kaminfeuer im Schulzimmer von dem gleichen Dienstmädchen wie immer der Tee serviert wurde, verzichtete ich darauf, mich nach meinem anderen Zögling zu erkundigen. Jetzt hatte er seine Freiheit – mochte er sie bis zum Ende auskosten! Nun, das tat er auch; und sie bestand – zumindest zum Teil – darin, daß er gegen acht ins Schulzimmer kam und sich schweigend zu mir setzte. Sobald das Teegeschirr abgeräumt worden war, hatte ich die Kerzen ausgeblasen und meinen Stuhl näher ans Feuer gerückt: Eine Eiseskälte hatte sich meiner bemächtigt, und mir war, als könnte mir nie mehr warm werden. So saß ich, als der Junge auftauchte, in meine Gedanken vertieft im Feuerschein. Er blieb einen Augenblick an der Tür stehen, als wolle er mich betrachten: dann trat er – als wolle er meine Gedanken mit mir teilen – auf die andere Seite des Kamins und ließ sich dort in einen Sessel fallen. Vollkommen schweigsam saßen wir da; dennoch wollte er ganz offenkundig bei mir sein.

XXI

Noch ehe es völlig Tag geworden war, schlug ich in meinem Zimmer die Augen auf. Mein Blick fiel auf Mrs. Grose, die mit schlimmen Nachrichten an mein Bett getreten war: Flora fiebere so stark, daß womöglich eine ernste Erkrankung drohe; sie habe eine äußerst unruhige Nacht verbracht, eine Nacht, aufgewühlt vor allem von Ängsten, die sich nicht im mindesten um ihre frühere, sondern ausschließlich um ihre jetzige Gouvernante rankten. Nicht gegen Miss Jessels mögliches Wiedererscheinen lehne sie sich auf – sie verwahre sich vielmehr deutlich erkennbar und leidenschaftlich gegen meines. Ich war sofort auf den Beinen und hatte eine Unmenge Fragen an meine Freundin, zumal diese sich nun offensichtlich rüstete, mir wieder entgegenzukommen. Das spürte ich, sobald ich sie danach gefragt hatte, wie sie die Aufrichtigkeit des Kindes im Vergleich zu meiner beurteile. »Beharrt Flora auch Ihnen gegenüber darauf, daß sie gestern nichts gesehen habe – daß sie noch nie etwas gesehen habe?«

Der Kummer meiner Besucherin war wahrlich groß. »Ach, Miss, das ist eine Sache, in der ich nicht in sie dringen kann! Allerdings muß ich sagen, das war auch gar nicht weiter nötig. Der Vorfall hat sie wesentlich älter gemacht, von Kopf bis Fuß älter gemacht.«

»O ja, ich sehe sie geradezu vor mir. Als wäre sie eine hochgestellte kleine Persönlichkeit, nimmt sie jeden Zweifel an ihrer Aufrichtigkeit und damit gewissermaßen an ihrer Ehrenhaftigkeit übel. ›Miss Jessel – aber nicht doch!‹ Ja, ja, sie ist ›ehrenhaft‹, die Kleine! Wie sie sich gestern mir gegenüber aufführte, war, das kann ich Ihnen versichern, höchst sonderbar: es ging weit über alles Bisherige hinaus. Ich habe mir zweifellos ihren Unwillen zugezogen. Sie wird nie mehr mit mir sprechen.«

Gräßlich und undurchsichtig, wie die ganze Angelegenheit war, schwieg Mrs. Grose für kurze Zeit; dann stimmte sie mir mit einer rückhaltlosen Offenheit zu, hinter der, davon war ich überzeugt, mehr steckte. »Das wird sie wohl tatsächlich nicht, Miss. Sie macht viel Aufhebens davon.«

»Und das ist es«, faßte ich zusammen, »was sie im Augenblick ganz krank macht.«

O ja, das war es! Ich konnte es am Gesicht meiner Besucherin ablesen, wie auch sonst noch einiges. »Alle drei Minuten fragt sie mich, ob Sie hereinkommen werden.«

»Ich verstehe – ich verstehe.« Ich hatte mir deswegen auch schon ausführliche Gedanken gemacht. »Hat sie Ihnen gegenüber – außer um ihre Vertrautheit mit etwas derart Grauenhaftem abzustreiten – seit gestern ein einziges Wort über Miss Jessel geäußert?«

»Kein einziges, Miss. Und wie Sie wissen«, fügte meine Freundin hinzu, »habe ich ihr am See ja geglaubt, daß zumindest in jenem Augenblick dort tatsächlich niemand war.«

»Ja freilich! Und natürlich glauben Sie ihr auch jetzt noch.«

»Ich widerspreche ihr nicht. Was kann ich denn sonst machen?«

»Nichts, gar nichts! Sie haben es mit einem äußerst raffinierten Persönchen zu tun. Sie – ich meine ihre beiden Freunde – haben die Kinder noch raffinierter gemacht, als sie es von Natur aus schon waren; es war wundervolles Material, das sich ihnen da zum Formen bot! Jetzt habe ich Floras Unmut erregt, und den wird sie bis zum bitteren Ende an mir auslassen.«

»Ja, Miss; aber *wie*?«

»Nun, indem sie mich bei ihrem Onkel in Mißkredit bringt. Sie wird mich ihm gegenüber als das niederträchtigste Geschöpf hinstellen …!«

Ich zuckte beim Anblick von Mrs. Grose' Gesicht zusammen, auf dem sich die Szene anschaulich zu spiegeln schien; einen Moment lang erweckte sie den Eindruck, als sähe sie die beiden deutlich vor sich. »Wo er Sie doch so sehr schätzt!«

»Er hat – fällt mir gerade auf – eine seltsame Art, das zu zeigen!« erwiderte ich lachend. »Doch das macht nichts. Natürlich will Flora mich loswerden.«

Meine Gefährtin pflichtete mir beherzt bei. »Um Sie ja nie mehr sehen zu müssen.«

»Dann sind Sie also gekommen, um mich zum Gehen zu bewegen?« fragte ich. Aber noch ehe sie antworten konnte, sprach ich schon weiter. »Ich habe eine bessere Idee – sie ist das Ergebnis meiner Überlegungen. Daß ich fortgehe, scheint auf den ersten Blick zwar durchaus das richtige zu sein, und am Sonntag war ich bereits drauf und dran, es auch tatsächlich zu tun. Doch das ist keine Lösung. *Sie* müssen gehen. Sie müssen Flora fortbringen.«

Meine Besucherin dachte darüber eingehend nach. »Aber wohin denn, um Gottes willen?«

»Fort von hier. Fort von *ihnen*. Und für den Augenblick vor allem fort von mir. Auf dem kürzesten Weg zu ihrem Onkel.«

»Nur, damit sie Sie bei ihm anschwärzen kann?«

»Nein, nicht ›nur‹! Auch, damit mein Gegenmittel hier wirken kann.«

Sie wußte noch immer nicht recht, was ich vorhatte. «Und was ist Ihr Gegenmittel?«

»Zunächst einmal Ihre Loyalität. Und dann die von Miles.«

Sie sah mich forschend an. »Sie glauben, er ...«

»... werde sich nicht gegen mich wenden, wenn sich ihm die Gelegenheit dazu bietet? Ja, das wage ich noch immer zu glauben. Zumindest möchte ich es auf einen Versuch ankommen lassen. Brechen Sie so bald wie möglich mit seiner Schwester auf, und lassen Sie mich mit ihm allein.« Ich war selbst erstaunt, über welchen Kampfgeist ich noch verfügte, und ließ mich vielleicht eben deshalb ein wenig von ihrem Zögern aus der Fassung bringen, das sie ungeachtet der Tatsache erkennen ließ, daß ich diesen gerade so schön unter Beweis gestellt hatte. »Da ist allerdings noch etwas«, fuhr ich fort. »Die beiden dürfen sich selbstverständlich vor Floras Abreise keine Sekunde mehr sehen.« Dann kam mir plötzlich in den Sinn, dafür könne es, obwohl die Kleine die Zeit seit ihrer Rückkehr vom Teich vermutlich in völliger Zurückgezogenheit verbracht hatte, bereits zu spät sein. »Glauben Sie«, fragte ich besorgt, »daß sie schon zusammengetroffen *sind?*«

Mrs. Grose wurde ganz rot im Gesicht. »Ach, Miss, so töricht bin ich denn doch nicht! Wenn ich, wie drei-, viermal geschehen, gezwungen war, sie zu verlassen, dann ließ ich sie stets in der Obhut eines der Stubenmädchen zurück, und augenblicklich ist sie zwar allein, aber im Zimmer eingeschlossen. Und doch – und doch!« Zu vieles galt es in Betracht zu ziehen.

»Und doch?«

»Na ja, sind Sie sich wirklich sicher, daß Sie sich auf unseren kleinen Gentleman verlassen können?«

»Wirklich sicher bin ich mir nur, daß ich mich auf *Sie* verlassen kann. Seit dem gestrigen Abend habe ich indes neue Hoffnung. Ich glaube, er möchte sich mir offenbaren. Ich bin ernsthaft davon überzeugt, daß er sich mir anvertrauen möchte – der liebe arme kleine Kerl! Gestern abend saß er zwei Stunden lang schweigend neben mir im Schein des Kaminfeuers, und mir war, als wolle er mir jeden Moment sein Herz ausschütten.«

Mrs. Grose schaute mit angespannter Miene zum Fenster hinaus auf das heraufziehende Morgengrauen. »Und hat er es getan?«

»Nein, ich muß gestehen, daß es nicht dazu gekommen ist, so sehr ich auch darauf gewartet habe. Schließlich gaben wir uns einen Gutenachtkuß, ohne daß das Schweigen gebrochen worden oder auch nur die kleinste Anspielung auf das Befinden und die Abwesenheit seiner Schwester gefallen wäre. Gleichwohl«, fuhr ich fort, »bin ich dagegen, daß ihr Onkel nicht nur mit Flora, sondern auch schon mit ihrem Bruder zusammentrifft, ehe ich dem Jungen – zumal die Lage sich so zugespitzt hat – noch ein wenig Zeit gegeben habe.«

Meine Freundin schien dies mit mehr Widerstreben aufzunehmen, als mir einsichtig war. »Was verstehen Sie unter ›noch ein wenig Zeit‹?«

»Nun ja, ein, zwei Tage ... bis ich ihn zum Sprechen gebracht habe. Dann wird er auf *meiner* Seite stehen – Sie wissen, wie wichtig das ist. Wenn nichts dabei herauskommt, werde ich bloß einen Mißerfolg zu verzeichnen haben, und Sie werden mir schlimmstenfalls dadurch geholfen haben, daß Sie nach Ihrer Ankunft in London alles taten, was Ihnen möglich schien.« So legte ich ihr die Sache dar, doch sie blieb zunächst so in ihre Bedenken vertieft, daß ich ihr erneut zu Hilfe kam. »Es sei denn freilich«, schloß ich, »Sie wollen gar nicht gehen.«

Ich konnte an ihrem Gesicht ablesen, wie sie sich schließlich überwand. Sie reichte mir die Hand zum feierlichen Versprechen. »Ich werde gehen – ich werde gehen. Noch heute morgen werde ich gehen.«

Ich wollte mich ihr gegenüber ganz korrekt verhalten. »Wenn Sie lieber noch etwas warten möchten, werde ich dafür Sorge tragen, daß Flora mich nicht zu sehen bekommt.«

»Nein, nein: Es liegt an Bly. Sie muß fort von hier.« Sie betrachtete mich einen Moment lang ernst und betrübt, ehe sie aussprach, was sie bewegte: »Sie haben völlig recht mit Ihrem Vorschlag, Miss. Ich selbst ...«

»Ja?«

»Ich selbst kann nicht bleiben.«

Der Blick, mit dem sie mich dabei ansah, ließ mich die Gelegenheit sofort am Schopf ergreifen: »Wollen Sie damit sagen, Sie haben seit gestern etwas *gesehen* ...?«

Sie schüttelte würdevoll den Kopf. »Ich habe etwas *gehört!*«

»Gehört?«

»Grauenvolle Dinge – von diesem Kind! Ja!« seufzte sie tief bekümmert, aber auch ein wenig erleichtert. »Auf mein Ehrenwort, Miss, die Kleine sagt Sachen ...!« Bei der Erinnerung daran, brach sie zusammen; mit einem plötzlichen Aufschrei sank sie auf mein Sofa und gab sich, wie ich es schon früher bei ihr beobachtet hatte, ganz ihrem Kummer hin.

Ich dagegen ließ meinen Gefühlen in eine völlig andere Richtung freien Lauf. »O gottlob!«

Auf diese Bemerkung hin sprang sie wieder auf und trocknete sich mit einem leisen Stöhnen die Augen. »›Gottlob‹?«

»Das zeigt doch, daß ich recht habe!«

»Ja, das tut es, Miss!«

Ich hätte mir keine nachdrücklichere Bestätigung wünschen können, doch ich wollte noch mehr hören. »Ist es wirklich so entsetzlich, was sie sagt?«

Ich sah, daß meine Gefährtin kaum wußte, wie sie sich ausdrücken sollte. »Zutiefst abstoßend!«

»Und es geht dabei um mich?«

»Um Sie, Miss, wenn Sie es denn unbedingt wissen wollen. Es übersteigt bei weitem alles, was sich für eine junge Dame schickt; ich kann mir gar nicht erklären, woher sie ...«

»... die gemeinen Reden hat, die sie gegen mich führt? Nun, ich kann es Ihnen erklären!« unterbrach ich sie mit einem Lachen, das zweifellos recht vielsagend war.

Tatsächlich wurde meine Freundin darüber nur noch ernster. »Nun ja, vielleicht sollte ich es auch wissen – zumal ich einiges davon schon früher gehört habe! Gleichwohl kann ich es nicht ertragen«, fuhr die Arme fort; dabei fiel ihr Blick auf das Zifferblatt meiner Uhr, die auf dem Toilettentisch stand. »Jetzt muß ich aber wieder zu ihr!«

Ich hielt sie indes zurück. »Aber wenn Sie es nicht ertragen können ...!«

»... wie kann ich dann bei ihr bleiben, meinen Sie? Nun, eben: um sie wegzubringen. Weit weg von all dem hier«, fuhr sie fort, »weit weg von *ihnen* ...«

»Vielleicht wird sie dann wieder wie früher sein? Vielleicht wird sie wieder frei sein?« Fast freudig ergriff ich ihre Hand. »Dann *glauben* Sie also trotz der Erfahrung von gestern ...«

»... an ein solches Treiben?« Angesichts ihres Mienenspiels erübrigte es sich, auf ihre harmlose Umschreibung genauer einzugehen, und unverhohlen wie nie zuvor gestand sie ein: »Ich glaube daran.«

Ja, es war eine Freude, und noch immer standen wir Schulter an Schulter: Könnte ich mir sicher sein, daß dies auch künftig so bliebe, würde mich alles andere, was noch geschehen mochte, wenig kümmern. Mein Rückhalt angesichts von Ungemach und Unheil wäre der gleiche wie in den frühen Tagen, da ich des Vertrauens bedurfte, und wenn meine Freundin sich für meine Aufrichtigkeit verbürgte, so würde ich mich für alles andere verbürgen. Als ich mich dann von ihr verabschiedete, befiel mich dennoch ein gewisses Unbehagen. »Mir fällt gerade ein – da ist noch etwas, das es unbedingt zu bedenken gilt. Mein Brief, der Alarm schlägt, wird vor Ihnen in London eintreffen.«

Jetzt verstärkte sich mein Eindruck noch, sie habe bisher mit etwas hinter dem Berg gehalten und sei dessen nunmehr überdrüssig. »Ihr Brief wird dort nicht ankommen. Ihr Brief wurde nämlich gar nicht abgeschickt.«

»Was ist denn dann damit geschehen?«

»Das weiß der Himmel! Master Miles ...«

»Wollen Sie etwa sagen, *er* habe ihn an sich genommen?« stieß ich, nach Luft ringend, hervor.

Sie zögerte einen Augenblick, sprach dann aber schweren Herzens weiter. »Ich will nur sagen, daß ich ihn gestern, als ich mit Miss Flora zurückkam, nicht mehr dort liegen sah, wo Sie ihn hingelegt hatten. Im Laufe des Abends hatte ich Gelegenheit, Lukas nach dem Brief zu fragen, und er erklärte, er habe ihn weder gesehen noch angerührt.« Angesichts dessen konnten wir nur beide eine unserer tiefgründigeren Sondierungen vornehmen; mit einem beinahe stolzen: »Es ist völlig klar!« zog Mrs. Grose das Senkblei als erste wieder hoch.

»Ja, es ist völlig klar, daß Miles den Brief, falls er ihn an sich genommen hat, gelesen und danach wohl vernichtet hat.«

»Und sonst fällt Ihnen nichts auf?«

Ich sah sie einen Moment mit einem traurigen Lächeln an. »Mir fällt auf, daß Ihre Augen mittlerweile sogar noch mehr sehen als meine.«

Das erwies sich in der Tat als zutreffend, doch es zu zeigen, konnte sie noch immer fast in Verlegenheit versetzen. »Ich glaube, ich weiß jetzt, was er in der Schule getan hat.« In ihrer schlichten, aufgeweckten Art bekräftigte sie dies mit einem fast drolligen Kopfnicken, das ihre Enttäuschung erkennen ließ. »Er hat gestohlen!«

Ich dachte darüber nach – bemühte mich um ein unparteiischeres Urteil. »Nun ja ... vielleicht.«

Sie sah mich an, als überraschte es sie, mich so ruhig und gelassen zu sehen. »Er stahl *Briefe*!«

Sie konnte die Gründe für meine Gelassenheit, die ohnehin nur recht oberflächlich war, nicht kennen; deshalb legte ich sie ihr dar, so gut ich konnte. »Hoffentlich hat es ihm mehr Nutzen gebracht als in diesem Fall! Denn das Schreiben«, erläuterte ich weiter, »das ich gestern auf den Tisch legte, hat ihm lediglich einen so geringen Vorteil verschafft – es enthielt nämlich nur die bloße Bitte um ein Gespräch –, daß er sich bestimmt bereits zutiefst schämt, für so wenig so weit gegangen zu sein, und es war wohl das Bedürfnis gewesen, alles zu gestehen, das ihn gestern abend zu mir geführt hat.« Mir war in diesem Moment, als hätte ich alles begriffen, als sähe ich alles deutlich vor mir. »Lassen Sie uns allein, lassen Sie uns allein ...« Ich war schon an der Tür, trieb meine Freundin zur Eile an. »Ich werde es ihm entlocken. Er wird mir entgegenkommen. Er wird mir alles gestehen. Wenn er gesteht, ist er gerettet. Und wenn er gerettet ist ...«

»... dann sind *Sie* es auch?« Daraufhin küßte mich die gute Frau, und ich sagte ihr Lebewohl. »Ich werde Sie auch ohne ihn retten!« rief sie im Fortgehen.

XXII

Doch als sie dann fort war – und ich vermißte sie auf der Stelle –, da begann meine Not erst richtig. Hatte ich auf die Möglichkeiten gehofft, die das Alleinsein mit Miles mir eröffnen würden, so erkannte ich rasch, daß es mir zumindest eine bestimmte Art und Weise des Vorgehens nahelegen würde. Tatsächlich waren während meines ganzen Aufenthalts in Bly noch nie so viele Befürchtungen auf mich eingestürmt wie damals, als ich an jenem Morgen herunterkam und erfuhr, daß die Kutsche mit Mrs. Grose und meiner Schülerin bereits zum Tor hinausgerollt sei. Jetzt, so sagte ich mir, stand ich also den Elementen von Angesicht zu Angesicht gegenüber, und einen Großteil des restlichen Tages hatte ich, während ich gleichzeitig gegen meine Schwäche ankämpfte, Zeit, darüber nachzudenken, daß ich allzu vorschnell gehandelt hatte. Die Lage, in der ich mich befand, war heikler denn je, vor allem weil ich zum ersten Mal in den verwirrten Mienen der anderen einen Widerschein der Krise erkennen konnte. Was geschehen war, hatte natürlich alle veranlaßt, große Augen zu machen; zu unerklärlich blieb, was auch immer wir als Begründung anführen mochten, der plötzliche Aufbruch meiner Gefährtin. Die Dienstboten schauten verwundert drein; dies wirkte sich auf den Zustand meiner Nerven abträglich aus, bis ich erkannte, daß ich das Beste daraus machen mußte. Kurzum, es gelang mir, völligen Schiffbruch zu vermeiden, indem ich einfach das Ruder übernahm; und um all dies überhaupt durchstehen zu können, trat ich an jenem Vormittag wohl sehr herablassend und sehr abweisend auf. Mir war das Bewußtsein willkommen, daß mir zahlreiche Aufgaben oblagen, und ich sorgte dafür, daß sich rasch herumsprach, ich zeige, so allein auf mich gestellt, eine recht bemerkenswerte Entschlossenheit. Mit diesem Gehabe wanderte ich in den folgenden ein, zwei Stunden durch das ganze Haus und erweckte zweifellos den Eindruck, als sei ich auf alles gefaßt und jederzeit zum Handeln bereit. So streifte ich zum Besten aller, die es betreffen mochte, mit insgeheim bangem Herzen umher.

Als derjenige, den es am wenigsten zu betreffen schien, erwies sich bis zum Mittagessen der kleine Miles selbst. Auf meinen Streifzügen hatte ich keine Spur von ihm entdeckt, doch hatten diese dazu beigetragen, die Veränderung offenkundig zu machen, die sich in unserer Beziehung infolge der Hinterlist vollzog, mit der er mich tags zuvor mit seinem Klavierspiel betört und festgehalten hatte, um Flora einen Gefallen zu erweisen. Eine gewisse Offenkundigkeit hatte die Sache natürlich schon durch die Umquartierung und Abreise des kleinen Fräuleins erhalten, und nun kündete der Ausfall des üblichen Unterrichts von der Veränderung. Miles war bereits verschwunden, als ich auf meinem Weg ins Erdgeschoß die Tür zu seinem Zimmer aufstieß; unten erfuhr ich dann, daß er – in Anwesenheit von zweien der Dienstmädchen – mit Mrs. Grose und seiner Schwester gefrühstückt hatte. Danach war er ausgegangen, um, wie er gesagt hatte, einen Spaziergang zu machen; nichts, so überlegte ich, hätte seine wahre Meinung über den abrupten Wandel meiner Stellung deutlicher zum Ausdruck bringen können. Welche

Aufgaben er mir in meinem Amt künftig zubilligte, galt es noch zu klären: zumindest bestand – insbesondere auf meiner Seite – eine eigenartige Erleichterung über die Aufgabe eines fälschlicherweise gehegten Anspruchs. Zwar war sehr vieles an den Tag gekommen, doch kann ich wohl ohne Übertreibung sagen, am augenfälligsten habe sich die Absurdität gezeigt, die ein Festhalten an der irrigen Annahme bedeutet hätte, ich könnte dem Jungen noch etwas beibringen. Es war nicht zu übersehen, daß ich ihn stillschweigend und mit kleinen Kniffen – wobei er sogar mehr als ich selbst Sorge für meine Würde trug – darum hatte bitten müssen, er möge mir die Mühsal erlassen, mich auf die Ebene seiner tatsächlichen Fähigkeiten zu begeben. Jedenfalls hatte er jetzt seine Freiheit; ich würde nie mehr daran rühren, was ich ja schon ausführlich dadurch unter Beweis gestellt hatte, daß ich, als er am Abend zuvor zu mir ins Schulzimmer gekommen war, keinerlei Fragen gestellt oder Andeutungen über die Geschehnisse der jüngsten Vergangenheit gemacht hatte. Ich war nun zu sehr mit meinen anderen Überlegungen beschäftigt. Doch als der Junge dann endlich kam, wurde mir beim Anblick des hübschen kleinen Wesens, auf dem die Ereignisse bisher weder sichtbare Flecken noch Schatten hinterlassen hatten, sogleich bewußt, wie schwierig es sein würde, mein Vorhaben in die Tat umzusetzen, wurde mir die Vielschichtigkeit meines Problems vor Augen geführt.

Um den Hausangestellten gegenüber hervorzuheben, welch gehobenes Niveau ich zu pflegen gedachte, ordnete ich an, daß meine Mahlzeiten mit dem Jungen – wie wir sagten – »unten« zu servieren seien, weshalb ich ihn in der pompösen Pracht des Raumes erwartete, vor dessen Fenster ich an jenem ersten schrecklichen Sonntag dank Mrs. Grose etwas aufflackern gesehen hatte, das man freilich kaum als Erleuchtung hätte bezeichnen können. Hier spürte ich in jenem Augenblick erneut – denn ich hatte es wieder und immer wieder gespürt –, wie sehr mein Gleichgewicht vom Durchsetzungsvermögen meines unbeugsamen Willens abhing – des Willens, meine Augen so fest wie möglich vor der Tatsache zu verschließen, daß das, womit ich mich auseinanderzusetzen hatte, auf abstoßende Weise wider die Natur war. Ich konnte überhaupt nur etwas bewirken, wenn ich die »Natur« ins Vertrauen und ins Kalkül zog, wenn ich meine furchtbare Prüfung als einen zugegebenermaßen ungewöhnlichen und unerfreulichen Vorstoß in eine Richtung betrachtete, der indes, um die Angelegenheit zu einem guten Ende zu führen, nur eine kleine zusätzliche Anstrengung verlangte, um das Maß dessen in die Höhe zu schrauben, was ein Mensch gewöhnlich vermag. Allerdings konnte wohl nichts *mehr* Feingefühl verlangen als just dieser Versuch, dem Ich die *ganze* Natur zu vermitteln. Wie konnte ich auch nur ein wenig davon einbringen, wenn ich mir eine Andeutung auf die Geschehnisse der Vergangenheit versagte? Wie konnte ich andererseits eine Andeutung darauf machen, ohne erneut in das gräßliche Dunkel einzutauchen? Nun, nach einer Weile stieß ich auf eine mögliche Antwort, und ich fand mich insoweit bestätigt, als mir sogleich unanfechtbar und lebhaft vor Augen geführt wurde, was an meinem kleinen Gefährten so außergewöhnlich war. Es schien in der Tat, als habe er – wie schon so häufig während des Unterrichts – auf seine einfühlsame Weise selbst jetzt noch einen Weg gefunden, mich zu beruhigen. Lag da nicht ein Hoffnungsschimmer in dem Umstand, der sich mir, seit wir beide allein waren, mit einem Leuchten aufdrängte, das er bisher nicht gehabt hatte? – der Umstand nämlich, daß es (in einem günstigen Augenblick, in dem kostbaren Augenblick, der nun gekommen war) geradezu absurd gewesen wäre, bei einem derart begabten Kind auf die Hilfe zu verzichten, die man unumschränkter Intelligenz abringen konnte. Wozu war dem Jungen seine Intelligenz gegeben, wenn nicht, um ihn zu retten? Sollte man nicht einfach den Versuch wagen, an seinen Verstand zu appellieren, selbst auf die Gefahr hin, daß man die Frage seines Charakters damit außer acht ließe? Als wir uns dort im Speisezimmer gegenüberstanden, war mir, als hätte er mir im wahrsten Sinne des Wortes den Weg gewiesen. Der Hammelbraten stand auf dem Tisch; ich hatte darauf verzichtet, uns aufwarten zu lassen, und die Dienstboten hinausgeschickt. Ehe Miles sich setzte, stand er einen Moment mit den Händen in den Taschen da und schaute auf den Braten, dessen Anblick ihm einen humorvollen Gedanken einzugeben schien. Doch gleich darauf sagte er: »Ist sie wirklich so furchtbar krank, meine Liebe?«

»Die kleine Flora? Es ist nicht so schlimm, als daß es ihr nicht bald wieder bessergehen wird. London wird ihr guttun. Bly ist ihr nicht mehr bekommen. Hier ist dein Braten; komm und hol ihn dir.«

Er gehorchte aufs Wort, trug den Teller behutsam an seinen Platz und fuhr, nachdem er sich gesetzt hatte, fort: »Ist ihr Bly denn ganz plötzlich so schrecklich schlecht bekommen?«

»Nicht so plötzlich, wie es den Anschein haben könnte. Man hat es kommen sehen.«

»Warum haben Sie sie dann nicht eher weggebracht?«

»Eher?«

»Ehe sie zu krank wurde, um zu reisen.«

Meine Antwort kam umgehend. »Sie ist *nicht* zu krank, um zu reisen; das wäre sie aber vielleicht geworden, wenn sie hiergeblieben wäre. Es war genau der richtige Zeitpunkt. Die Reise wird sie dem Einfluß entziehen« – ach, war ich großartig! – »und ihn wirkungslos machen.«

»Ich verstehe, ich verstehe« – auch Miles war übrigens großartig. Er begann, seine Mahlzeit zu verzehren, und dies mit den bezaubernden »Tischmanieren«, die mich seit dem Tag seiner Ankunft jeder Pflicht zur harschen Ermahnung enthoben hatten. Weswegen auch immer er von der Schule verwiesen worden war – schlechtes Benehmen bei Tisch war sicherlich nicht der Grund gewesen. Er benahm sich untadelig wie immer, war aber unverkennbar befangener als sonst. Er bemühte sich sichtlich, mehr hinzunehmen, als ihm ohne fremde Hilfe gelingen wollte, und er versank in friedliches Schweigen, während er sich seine Situation bewußt machte. Unsere Mahlzeit war äußerst kurz – ich selbst gab mir nur den Anschein zu essen und ließ Teller und Schüsseln sofort abtragen. Währenddessen stand Miles wieder mit den Händen in den Taschen und dem Rücken zu mir da – stand da und blickte zu dem großen Fenster hinaus, durch das ich damals das gesehen hatte, was in mir den Kampfgeist hatte erwachen lassen. Wir schwiegen, solange das Dienstmädchen im Zimmer war – schwiegen, wie es mir verwunderlicherweise in den Sinn kam, gleich einem jungen Paar auf Hochzeitsreise, das im Gasthaus in Gegenwart des Kellners von Schüchternheit übermannt wird. Miles drehte sich erst um, als der »Kellner« hinausgegangen war. »Jetzt sind wir also allein!«

XXIII

Nun ja, mehr oder weniger.« Mein Lächeln wirkte vermutlich gezwungen. »Nicht ganz. Das würde uns nicht gefallen!« fuhr ich fort.

»Nein – wahrscheinlich nicht. Natürlich sind da noch die anderen.«

»Da sind noch die anderen – ja, in der Tat, da sind noch die anderen«, pflichtete ich ihm bei.

»Doch obwohl sie da sind«, entgegnete er, noch immer mit den Händen in den Taschen vor mir stehend, »zählen sie nicht viel, nicht wahr?«

Ich machte gute Miene zu seinem Spiel, fühlte mich indes recht matt. »Das hängt davon ab, was du ›viel‹ nennst!«

»Ja,« – er war die Verbindlichkeit in Person – »alles hängt von etwas ab.« Bei diesen Worten wandte er sich wieder dem Fenster zu, an das er gleich darauf, von seiner inneren Unruhe getrieben, geistesabwesend und mit zögerlichem Schritt trat. Dort blieb er, die Stirn an die Scheibe gepreßt, eine Weile stehen, versunken in die Betrachtung der albernen Sträucher, von denen ich wußte, daß sie da waren, und der tristen Eintönigkeit der Novemberlandschaft. Ich hatte jederzeit die Möglichkeit, mich hinter meiner Handarbeit zu verschanzen, und genau dies tat ich, als ich jetzt auf dem Sofa Platz nahm. Das half mir, wieder etwas ruhiger zu werden – wie schon mehrmals zuvor in jenen qualvollen Momenten, die ich als diejenigen beschrieben habe, in denen ich mit der Erkenntnis fertig werden mußte, daß die Kinder ganz in etwas aufgingen, wovon ich ausgeschlossen war –, doch blieb ich durchaus meiner Gewohnheit treu, stets auf das Schlimmste gefaßt zu sein. Als ich, den Blick auf den Rücken des Jungen geheftet, versuchte, die sich in seiner Haltung ausdrückende Verwirrung zu deuten, drängte sich mir indes auf einmal ein ausgesprochen merkwürdiger Eindruck auf – der Eindruck nämlich, ich sei jetzt nicht mehr ausgeschlossen. Die Ahnung wurde binnen weniger Minuten zur festen Gewißheit und schien an die unmittelbare Wahrnehmung geknüpft, daß ganz unverkennbar *er* nun der Ausgeschlossene war. Die Rahmen und Scheiben des großen Fensters waren für ihn in gewisser Weise Sinnbild für ein gewisses Scheitern. Jedenfalls war mir, als sähe ich ihn ein- oder vielmehr ausgesperrt. Seine Gefaßtheit war bewundernswürdig, er fühlte sich jedoch sichtlich unwohl; ich gewahrte es mit hoffnungsvollem Herzklopfen. Hielt er nicht durch die ominöse Scheibe Ausschau nach etwas, das er nicht zu sehen vermochte? Und war es nicht das erste Mal im Verlauf der ganzen Geschichte, daß er eine solche Enttäuschung erlebte? Die erste, die allererste: Ich hielt es für ein ermutigendes Vorzeichen. Ihn hingegen beunruhigte es, auch wenn er sich bemühte, es sich nicht anmerken zu lassen; er war schon den ganzen Tag über unruhig gewesen, und selbst während er in seiner üblichen liebenswürdigen Art bei Tisch saß, hatte er seine ganze frappante, geradezu geniale kindliche Findigkeit einsetzen müssen, um es zu verbergen. Als er sich schließlich zu mir umdrehte, schien es fast, als sei diese besondere Gabe jetzt erschöpft. »Nun, ich glaube, ich bin froh, daß *mir* Bly bekommt!«

»Du hast offenkundig in den letzten vierundzwanzig Stunden sehr viel mehr davon gesehen als in der ganzen Zeit davor. Ich hoffe«, fuhr ich tapfer fort, »es hat dir Spaß gemacht.«

»O ja, ich bin schrecklich weit gegangen – meilenweit; ich war überall. Ich habe mich noch nie so frei gefühlt.«

Er hatte wirklich eine ganz eigene Art, und ich konnte mich nur bemühen, mit ihm mitzuhalten. »Und das gefällt dir?«

Er stand da und lächelte; dann legte er in die zwei Worte – »Und *Ihnen*?« – mehr Hintersinn hinein, als ich je aus zwei Worten herausgehört hatte. Bevor ich indes Zeit hatte, darauf einzugehen, sprach er auch schon weiter, als habe er das Gefühl, dies sei eine Ungehörigkeit gewesen, die es abzumildern galt. »Ich bin äußerst entzückt darüber, wie Sie es aufnehmen, denn wenn jetzt nur mehr wir beide hier sind, werden Sie natürlich oft allein sein. Hoffentlich«, fügte er hinzu, »macht es Ihnen nicht allzuviel aus!«

»Daß ich mit dir zusammen hier bin?« fragte ich. »Mein liebes Kind, wie könnte es mir etwas ausmachen? Auch wenn ich jeden Anspruch auf deine Gesellschaft aufgegeben habe – du bist mir ja so überlegen –, genieße ich sie doch sehr. Weswegen sollte ich sonst hierbleiben?«

Er sah mich prüfend an, und sein jetzt ernster gewordener Gesichtsausdruck schien der schönste, den ich jemals an ihm wahrgenommen hatte. »Sie bleiben einzig und allein *deswegen*?«

»Gewiß. Weil mir dein Wohlergehen so am Herzen liegt, bleibe ich als deine Freundin bei dir, bis sich etwas für dich findet, das deiner Zeit und Mühe mehr wert ist. Das braucht dich nicht zu überraschen.« Meine Stimme war so zittrig, daß es mir unmöglich wurde, das Beben darin zu unterdrücken. »Erinnerst du dich denn nicht mehr daran, daß ich dir, als ich in der Sturmnacht in dein Zimmer kam und mich zu dir aufs Bett setzte – daß ich dir damals sagte, es gebe nichts auf der Welt, was ich nicht für dich täte?«

»Doch, doch!« Er wurde sichtlich immer nervöser und hatte nun seinerseits ebenfalls Mühe, die Stimme unter Kontrolle zu halten; doch gelang ihm dies mit sehr viel mehr Erfolg als mir, so daß er, seine Ernsthaftigkeit mit einem Lachen durchbrechend, so tun konnte, als scherzten wir vergnügt. »Nur sollte mich das, glaube ich, dazu veranlassen, etwas für *Sie* zu tun!«

»Ja, es sollte dich *auch* dazu veranlassen, etwas Bestimmtes zu tun«, räumte ich ein. »Aber du weißt, daß du es nicht getan hast.«

»O ja«, erklärte er scheinbar mit dem lebhaftesten Eifer, »ich sollte Ihnen etwas erzählen.«

»Das stimmt. Heraus damit, sag es mir rundheraus. Was du auf dem Herzen hast, du weißt schon.«

»Ach, dann sind Sie also *deswegen* hiergeblieben?«

Er sprach mit einer Fröhlichkeit, durch die hindurch ich allerdings noch das kleinste unterschwellige Aufflakkern tiefen Unwillens wahrnehmen konnte; doch die Wirkung, die ein – wenn auch noch so leiser – Unterton von Kapitulation auf mich hatte, vermag ich nicht im entferntesten zu schildern. Mir schien, als wäre das, was ich mir sehnlichst erhofft hatte, zu guter Letzt nur eingetreten, um mich in Erstaunen zu versetzen. »Nun ja – ich kann es genausogut auch zugeben: eben deswegen.«

Er ließ sich so lange Zeit, daß ich schon vermutete, er habe vor, die Annahme zurückzuweisen, auf der mein

Handeln fußte, aber schließlich sagte er: »Meinen Sie hier und jetzt?«

»Es könnte keinen besseren Ort und Zeitpunkt geben.« Er blickte beklommen um sich, und ich hatte das sonderbare – ach, das absonderliche! – Gefühl, Zeugin des allerersten Anzeichens einer Anwandlung von Angst zu sein, die ihn unvermittelt überkam. Es war, als fürchtete er sich plötzlich vor mir – und mir ging durch den Sinn, es könnte in der Tat das beste sein, ihn in dieser Furcht zu bestärken. Durch den Stich, den diese Vorstellung mir versetzte, spürte ich indes, daß es vergeblich sei, es mit Strenge zu versuchen, und schon im nächsten Augenblick hörte ich mich mit einer Sanftheit, die fast grotesk anmutete, fragen: »Du möchtest gern wieder hinausgehen?«

»Schrecklich gern!« Er lächelte mich heldenhaft an, und die in diesem Lächeln zum Ausdruck kommende rührende kindliche Tapferkeit wurde dadurch noch unterstrichen, daß er tatsächlich vor Pein errötete. Er hatte seinen Hut ergriffen, den er mit hereingebracht hatte; nun stand er vor mir und drehte ihn auf eine Art und Weise in den Händen, daß mich selbst in jenem Augenblick, da ich den Hafen doch schon fast erreicht hatte, ein irritierendes Entsetzen vor dem befiel, was ich da tat. Wie immer ich es auch anfing, es stellte in *jedem* Fall einen Akt der Gewalt dar, denn was beinhaltete es anderes, als daß ich die Vorstellung von Schändlichkeit und Schuld einem jungen, wehrlosen Geschöpf aufzwingen würde, das mir die Augen für die Möglichkeiten wundervollen Miteinanders geöffnet hatte? War es nicht niederträchtig, ein so außergewöhnliches Wesen in eine derart unangemessene, zutiefst widerwärtige Lage zu bringen? Vermutlich lese ich heute in unsere Situation eine Klarheit hinein, die sie damals gar nicht gehabt haben konnte, denn ich meine, in unseren armen Augen zu diesem Zeitpunkt schon die Spur einer Vorahnung der uns bevorstehenden Qual aufblitzen zu sehen. So umkreisten wir uns, erfüllt von Ängsten und

Skrupeln – Kämpfer, die es nicht wagten, aufeinander loszugehen. Doch wir fürchteten beide um den anderen! Dies ließ uns noch ein wenig länger zögern und unversehrt bleiben. »Ich werde Ihnen alles erzählen«, sagte Miles, »ich meine, ich werde Ihnen alles erzählen, was Sie wollen. Sie bleiben bei mir, und es wird uns beiden ganz gut ergehen, und ich *werde* es Ihnen erzählen – wirklich. Aber nicht jetzt.«

»Warum nicht jetzt?«

Meine Hartnäckigkeit führte dazu, daß er sich abermals von mir abwandte und sich erneut an sein Fenster stellte, wo er in so tiefem Schweigen verharrte, daß man eine Stecknadel hätte zu Boden fallen hören. Dann trat er mit dem Gebaren eines Menschen wieder vor mich, auf den draußen jemand wartete, den man nicht warten lassen durfte. »Ich habe mit Lukas etwas zu besprechen.«

Bisher hatte ich den Jungen noch nie zu einer derart plumpen Lüge gezwungen, und entsprechend schämte ich mich ein wenig. Doch so schrecklich es war, seine Lügen vervollständigten mein Bild von dem, was ich für die Wahrheit hielt. In meine Gedanken vertieft, strickte ich ein paar Maschen. »Nun, dann geh zu Lukas, und ich werde darauf warten, daß du dein Versprechen einlöst. Nur erfülle mir, bevor du mich verläßt, als Gegenleistung dafür eine einzige, sehr viel bescheidenere Bitte.«

Er schien der Meinung, er habe sich bisher mit ausreichendem Erfolg durchgesetzt, um sich jetzt noch auf einen kleinen Handel einlassen zu können. »Sehr viel bescheidener ...?«

»Ja, nur ein winziges Bruchstück des Ganzen. Sag mir« – ach, meine Handarbeit nahm mich ganz in Anspruch, und ich warf die Bemerkung wie beiläufig hin! –, »ob du gestern nachmittag meinen Brief, du weißt schon, vom Tisch in der Halle genommen hast.«

XXIV

Von der Beobachtung, wie er das aufnahm, wurde ich vorübergehend durch etwas abgelenkt, das ich nur als jähe Teilung meiner Aufmerksamkeit beschreiben kann – durch einen Vorfall, der mich wie ein Schlag traf und mich von meinem Platz aufspringen, unwillkürlich nach dem Jungen greifen und ihn an mich ziehen ließ; und während ich am nächsten Möbelstück Halt suchte, hielt ich ihn instinktiv *so* fest, daß er dem Fenster den Rücken zukehrte. Die Erscheinung, mit der ich es an dieser Stelle schon einmal zu tun gehabt hatte, suchte uns abermals heim: Peter Quint war draußen aufgetaucht wie der Wachposten vor einem Gefängnis. Das nächste, was ich sah, war, daß er ans Fenster getreten war und daß er, dicht an der Scheibe stehend und durch sie hindurchstarrend, dem Raum abermals sein weißes Antlitz der Verdammnis zuwandte. Es beschreibt nur in groben Zügen, was bei seinem Anblick in mir vorging, wenn ich sage, daß ich auf der Stelle einen Entschluß faßte; noch jetzt glaube ich, daß nie eine derart zu Tode erschrockene Frau in so kurzer Zeit ihre Handlungsfähigkeit zurückgewonnen hat. Inmitten des Grauens, das die Erscheinung sogleich in mir hervorrief, wurde mir klar, daß angesichts dessen, was ich sah und was sich mir darbot, mein Handeln einzig und allein darin bestehen konnte, dafür zu sorgen, daß der Junge nichts bemerkte. Eine Eingebung – ich kann es nicht anders bezeichnen – sagte mir, daß ich dazu sehr wohl, ja sogar in souveräner Weise imstande sein würde. Es war wie der Kampf mit einem Unhold um die Seele eines Menschen, und als ich es leidlich als solches erkannt hatte, sah ich, daß dieser Menschenseele – von meinen zitternden Händen in Armeslänge vor mir festgehalten – lauter Schweißperlen auf der hübschen kindlichen Stirn standen. Das Gesicht, das sich ganz nah an meinem befand, war genauso bleich wie das an der Fensterscheibe; gleich darauf entrang sich ihm ein Bekenntnis, nicht leise oder schwach, sondern als käme es aus weiter Ferne, ein Bekenntnis, das ich wie einen Dufthauch einsog.

»Ja – ich habe ihn genommen.«

Vor Freude aufstöhnend schloß ich den Jungen in die Arme, zog ihn erneut an mich; und während ich ihn an die Brust drückte, wo ich in der plötzlichen Fiebrigkeit seines kleinen Körpers den rasenden Pulsschlag seines kleinen Herzens fühlte, hielt ich den Blick auf das Wesen am Fenster gerichtet, beobachtete, wie es sich bewegte, seine Stellung änderte. Ich habe es mit einem Wachposten verglichen, doch einen Moment lang erinnerte sein langsames, nervöses Kreisen eher an ein um seine Beute gebrachtes wildes Tier. Mein Mut war indes neu erwacht und meine Unerschrockenheit so groß, daß ich, um sie nicht allzu sehr durchscheinen zu lassen, ihre Flamme sozusagen abschirmen mußte. Unterdessen war das Gesicht mit dem durchdringenden Blick wieder am Fenster aufgetaucht, der Schurke starrte ins Zimmer, als wolle er uns beobachten und seine Zeit abwarten. Die feste Zuversicht, daß ich ihm diesmal die Stirn bieten könne, sowie die mittlerweile untrügliche Gewißheit, daß der Junge tatsächlich nichts merkte, ließen mich in meinem Verhör fortfahren. »Weshalb hast du ihn weggenommen?«

»Um zu sehen, was Sie über mich gesagt haben.«

»Du hast den Brief geöffnet?«

»Ich habe ihn geöffnet.«

Mein Blick ruhte nun auf dem Antlitz des Jungen, den ich ein klein wenig von mir weggeschoben hatte; daß aller Hohn und Spott daraus verschwunden war, zeigte mir, wie gründlich seine Beklommenheit ihre verheerende Wirkung entfaltet hatte. Das Wunderbare daran war, daß nun endlich, aufgrund meines erfolgreichen Eingreifens, sein Gesichtssinn versiegelt, seine Verbindung zu Quint unterbrochen war: Er wußte, daß da etwas war, doch er wußte nicht, was, und noch weniger wußte er, daß auch ich darum wußte und zudem wußte, was es war. Und was zählten all der Aufruhr und Schrecken noch, als mein Blick erneut zum Fenster wanderte, nur um festzustellen, daß die Luft wieder »rein« und – dank meines persönlichen Triumphes – der verderbliche Einfluß ausgeschaltet war? Es war nichts mehr da. Ich war überzeugt, den Kampf gewonnen zu haben und nun endlich *alles* aus dem Jungen herauszubekommen. »Und du hast nichts aus meinem Brief erfahren!« Ich ließ meinem Hochgefühl freien Lauf.

»Nichts«, antwortete er mit zutiefst bekümmertem, nachdenklichem Kopfschütteln.

»Nichts, nichts!« Ich schrie es in meiner Freude fast hinaus.

»Nichts, nichts«, wiederholte er niedergeschlagen.

Ich küßte ihn auf die Stirn; sie war schweißgebadet. »Und was hast du mit ihm gemacht?«

»Ich habe ihn verbrannt.«

»Verbrannt?« Jetzt oder nie mußte ich die Sache zu Ende bringen. »Hast du das auch in der Schule getan?«

Ach, was ich damit auslöste! »In der Schule?«

»Hast du dort Briefe weggenommen? Oder andere Dinge?«

»Andere Dinge?« Er schien über etwas weit Zurückliegendes nachzudenken, das offenbar nur unter dem Druck seiner Angst zu ihm durchzudringen vermochte. Doch es drang zu ihm durch. »Ob ich *gestohlen* habe?«

Ich spürte, wie ich bis zu den Haarwurzeln errötete, und gleichzeitig fragte ich mich, ob es befremdlicher sei, einem Gentleman eine solche Frage zu stellen oder ihn diese mit einer Selbstverständlichkeit hinnehmen zu sehen, die offenbarte, wie tief er in der Welt gefallen war. »Konntest du deshalb nicht zurück?«

Das einzige, was er erkennen ließ, war ein eher gelangweiltes Erstaunen. »Sie wußten, daß ich nicht zurückkonnte?«

»Ich weiß alles.«

Er musterte mich lange und mit äußerst sonderbarem Blick. »Alles?«

»Alles. *Hast* du also ...?« Ich brachte das Wort nicht über die Lippen.

Miles hingegen fiel es anscheinend ganz leicht. »Nein, ich habe nicht gestohlen.«

Meiner Miene muß er entnommen haben, daß ich ihm vorbehaltlos glaubte; doch meine Hände schüttelten ihn – wenn auch aus reiner Zärtlichkeit –, als wollten sie aus ihm die Antwort auf die Frage herausschütteln, warum er mich, wenn es gar nichts zu verbergen gab, zu monatelanger Qual verurteilt hatte. »Was hast du denn dann getan?«

Er ließ seinen von einem unbestimmten Schmerz erfüllten Blick über die Zimmerdecke schweifen und holte zwei-, dreimal tief Luft, als bereite ihm das Atmen Mühe. Es war, als stünde er auf dem Meeresgrund und höbe die Augen zu einem schwachen grünen Lichtschimmer empor. »Nun ja – ich habe da ein paar Dinge gesagt.«

»Das war alles?«

»Die dort meinten, es wäre genug.«

»Um dich von der Schule zu verweisen?«

Wahrhaftig, noch kein Mensch, der je irgendwo »hinausgeworfen« worden war, hatte so wenige Anhaltspunkte für eine Erklärung geliefert wie dieser Junge! Er schien über meine Frage nachzudenken, machte jedoch dabei einen recht abwesenden, ja fast hilflosen Eindruck. »Nun ja, ich hätte sie wohl nicht sagen sollen.«

»Aber zu wem hast du sie denn gesagt?«

Er versuchte ganz offensichtlich, sich zu erinnern, doch ohne Erfolg – er hatte es vergessen. »Ich weiß es nicht!«

Er brachte beinahe noch ein Lächeln zustande in der tiefen Betrübnis über seine Kapitulation, die allerdings mittlerweile in der Tat so vollständig war, daß ich es dabei hätte bewenden lassen sollen. Doch ich war verblendet – ließ mich von meinem Sieg betören, auch wenn schon zu diesem Zeitpunkt das, was mir den Jungen eigentlich so viel näher hätte bringen sollen, nur eine weitere Entfremdung bewirkte. »Zu allen?«

»Nein, nur zu ...« Er schüttelte matt den Kopf. »Ich erinnere mich nicht mehr an die Namen.«

»Waren es denn so viele?«

»Nein – nur ein paar. Diejenigen, die ich mochte.«

Diejenigen, die er mochte? Ich schien nicht zu mehr Klarheit zu gelangen, sondern von einem noch undurchdringlicheren Dunkel umfangen zu werden, und binnen einer Minute hatte mir mein Mitgefühl den wahrlich beunruhigenden Gedanken eingegeben, der Junge könnte vielleicht doch unschuldig sein. Dieser Gedanke stürzte mich zunächst einmal in abgrundtiefe Verwirrung, denn wenn Miles tatsächlich unschuldig war, was um Himmels willen war dann ich? Gleichsam gelähmt ob dieser Frage, die da auf mich einstürmte, lockerte ich unwillkürlich meinen Griff ein wenig, woraufhin der Junge sich mit einem tiefen Seufzer abermals von mir abwandte und auf das Fenster zuging; in der Überzeugung, daß es dort jetzt nichts mehr gab, wovor es ihn zu schützen galt, ließ ich ihn gewähren. »Und sie haben anderen gegenüber wiederholt, was du gesagt hast?« fuhr ich nach einer Weile fort.

Er hatte sich schon ein paar Schritte von mir entfernt; sein Atem ging noch immer schwer, und er ließ auch jetzt wieder – allerdings ohne den früheren Unmut – an seinem Gebaren erkennen, daß er gegen seinen Willen festgehalten wurde. Wie schon zuvor schaute er abermals in den trüben Tag hinaus, als sei von dem, was ihn bisher hatte Haltung bewahren lassen, nichts mehr übrig außer einer unsäglichen Angst. »Ja, ja«, antwortete er dessen ungeachtet, »sie müssen es wiederholt haben. Denen gegenüber, die *sie* mochten«, fügte er hinzu.

Das war irgendwie weniger, als ich erwartet hatte; doch ich dachte darüber nach. »Und diese Dinge kamen ...?«

»... den Lehrern zu Ohren? O ja!« antwortete er schlicht. »Aber ich wußte nicht, daß sie sie weitergeben würden.«

»Die Lehrer? Das taten sie nicht ... sie haben nichts verraten. Deshalb frage ich dich ja.«

Er drehte mir sein schönes, fiebriges Gesichtchen wieder zu. »Ja, es war wohl zu schlimm.«

»Zu schlimm?«

»Manches von dem, was ich sagte. Um es nach Hause zu schreiben.«

Ich vermag das zutiefst Ergreifende des Widerspruchs nicht zu benennen, den solche Rede durch einen solchen Redner erfuhr; ich weiß nur, daß ich es im nächsten Augenblick mit sanftem Nachdruck aus mir herausbrechen hörte: »Unsinn!« Doch was danach kam, muß recht streng geklungen haben. »Und was *hast* du gesagt?«

Meine Strenge galt ausnahmslos seinem Richter, seinem Henker, aber sie veranlaßte Miles dazu, sich erneut abzuwenden, und dies veranlaßte *mich*, mit einem einzigen Satz und einem nicht zu unterdrückenden Schrei geradewegs auf ihn zuzuspringen. Denn da an der Fensterscheibe war das weiße Antlitz der Verdammnis, der gräßliche Urheber unserer Not, wieder aufgetaucht, geradeso, als wolle er ein Bekenntnis des Jungen unterbinden und ihn am Antworten hindern. Mir war, als würde mir nach meinem vermeintlichen Sieg nun der Boden unter den Füßen weggezogen, ich fühlte, daß mein Kampf wieder von vorne beginnen würde und daß mein wahrlich ungestümes Aufspringen sich nur als sehr verräterisch erwies. Mitten in meinem Sprung merkte ich, wie sich dem Jungen eine Ahnung aufdrängte, und als mir klarwurde, daß er selbst in jenem Augenblick nur raten, mit eigenen Augen am Fenster aber nichts wahrnehmen konnte, ließ ich mich von einer plötzlichen Eingebung dazu verführen, den Höhepunkt seiner Bestürzung als Beweis für seine Befreiung zu werten. »Genug, genug, genug!« rief ich meinem

Besucher zu, während ich versuchte, Miles an mich zu drücken.

»Ist sie *hier*?« stieß er, mit seinen versiegelten Augen in die Richtung starrend, in die ich meine Worte geschleudert hatte, keuchend hervor. Als ich dann in erstauntem Ton dieses »sie« wiederholte, das mich stutzig gemacht hatte, fuhr er mich, plötzlich von heftiger Wut ergriffen, an: »Miss Jessel, Miss Jessel!«

Verblüfft erfaßte ich seine Vermutung, auf die er wohl in Anbetracht dessen, was wir mit Flora gemacht hatten, verfallen war, doch weckte dies in mir nur den Wunsch, ihm zu zeigen, daß es noch besser kam. »Es ist nicht Miss Jessel! Aber da ist etwas am Fenster – direkt vor uns. Sie ist *da*, diese erbärmliche Schreckensgestalt, sie ist da – zum letzen Mal!«

Nach einer Sekunde, in der er mit dem Kopf eine Bewegung vollführte wie ein von einer Witterung in die Irre geführter Hund, der sich sogleich kräftig schüttelt, um wieder Luft und Licht zu bekommen, wandte er sich wutentbrannt mir zu und ließ dann seinen Blick verstört durch den Raum schweifen, ohne auch nur das geringste von der großen, überwältigenden Erscheinung wahrzunehmen, obgleich diese für mein Empfinden mittlerweile das ganze Zimmer wie ein Pesthauch erfüllte. »Ist *er* es?«

Ich war so fest entschlossen, nun ein für allemal meinen Beweis zu bekommen, daß ich blitzschnell eine eisige Miene aufsetzte, um ihn herauszufordern. »Wen meinst du mit ›er‹?«

»Peter Quint – du Teufel!« Wieder ließ er mit verzerrter Miene seinen suchenden Blick durch das ganze Zimmer schweifen. »*Wo*?«

Es klingt mir noch in den Ohren, wie er, in höchster Verzweiflung, den Namen preisgab und damit meiner hingebungsvollen Aufopferung Tribut zollte. »Was bedeutet er denn noch, mein Liebling? Was kann er *jemals* bedeuten? *Ich* habe dich, er indes hat dich für immer verloren!« zielte ich mit meinen Worten auf den Unhold. Dann fügte ich, um ihm meinen Erfolg vor Augen zu führen, wieder ganz an Miles gerichtet hinzu: »Dort, *dort*!«

Doch der war schon herumgefahren, hatte abermals zum Fenster geblickt und hinausgestarrt, aber draußen nur den friedvollen Tag gesehen. Unter dem schlagartigen Eindruck des Verlusts, auf den ich so stolz war, stieß er den Schrei eines Geschöpfs aus, das in einen Abgrund stürzt; sofort streckte ich die Arme nach ihm aus, und daß ich ihn zu packen bekam, hätte seinen Sturz abmildern können. Ja, ich fing ihn auf, hielt ihn fest – man kann sich vorstellen, mit welch heftiger Gemütsbewegung; nach einer Minute erst merkte ich, was ich tatsächlich in den Armen hielt. Wir waren allein mit dem friedvollen Tag, und sein kleines Herz hatte, der Macht des Bösen entrissen, aufgehört zu schlagen.

10 *Trinity College* Institut der Universität von Cambridge, an dem auch E. W. Benson, der Erzbischof von Canterbury, studierte, dem Henry James nach eigener Aussage den Stoff zu *The Turn of the Screw* verdankte. Benson hatte dem Autor am Abend des 10. Januar 1895 die befremdliche Geschichte eines Diener- und eines Geschwisterpaares erzählt, wie er selbst sie bruchstückhaft von einer Dame gehört hatte, »die in der Kunst des Erzählens nicht sehr bewandert war«.

11 *Raison de plus* (frz.) ein Grund mehr

20 *Raffael* eigentl. Raffaello Santi; ital. Maler (1483–1520). Die Darstellungen seiner Christuskinder strahlen in hohem Maße Reinheit und heitere Gelassenheit aus.

36 *Udolpho oder einen irren, in unvermuteter Gefangenschaft gehaltenen Verwandten* Anspielungen auf den Schauerroman *The Mysteries of Udolpho* (1794) von Anne Radcliffe sowie auf Charlotte Brontës Roman *Jane Eyre* (1847). In dem Roman von Mrs. Radcliffe wird die junge Vollwaise Emily de St. Aubert von ihrer Tante in die Burg Udolpho in den italienischen Apenninen entführt. Dort, in dem mittelalterlichen Gemäuer voller Geheimgänge, versteckter Türen und finsterer Gestalten, geschieht allerlei Mysteriöses und scheinbar Übernatürliches, ehe Emily die Flucht zurück in ihre Heimat gelingt. In *Jane Eyre* erzählt, wie in *The Turn of the Screw*, eine Gouvernante ihre Geschichte. Auch Jane verliebt sich in ihren Arbeitgeber, allerdings mit mehr Erfolg als die Erzieherin auf Bly, denn Mr. Rochester erwidert Janes Liebe und macht ihr einen Heiratsantrag. Während der Trauung stellt sich jedoch heraus, daß Rochester bereits verheiratet ist – mit einer Frau, die aufgrund einer Erbkrankheit schon vor Jahren den Verstand verloren hat und in einem Raum unter dem Dach von Thornfield Hall vor der Welt versteckt gehalten wird.

40 *Engel der Anekdote* Die Anekdote bezieht sich auf einen Schuldirektor namens Reverend James Boyer und wird von dem englischen Schriftsteller Charles Lamb (1775–1834) in »Christ's Hospital Five and Thirty Years Ago« erzählt. Als der Dichter Samuel Taylor Coleridge, ein ehemaliger Mitschüler von Lamb am Christ's Hospital, vom Tod des Lehrers erfuhr, der eine Vorliebe dafür gehabt hatte, kleinen Jungen den Hosenboden zu versohlen, soll er gesagt haben: »Armer J. B.! – mögen ihm all seine Fehler vergeben werden; und möge er zur Seligkeit emporgetragen werden von kleinen Engeln, die nur aus Kopf und Flügeln bestehen und keinen *Podex* haben, um ihm seine irdischen Schwächen vorzuhalten.«

57 *Asowsches Meer* nördlicher Meeresarm des Schwarzen Meeres, durch die Straße von Kertsch mit diesem verbunden.

78 *Fieldings* Amelia Der 1752 erschienene Roman *Amelia* um ein Ehepaar, das aufgrund seiner Armut schwierige Situationen zu bestehen hat, ist Henry Fieldings (1707–1754) letzter Roman.

83 *Mrs. Marcet* Jane Marcet (1769–1858) verfaßte eine Reihe von Schulbüchern zu verschiedenen Themen, die in Gesprächen zwischen Kindern und Erwachsenen erläutert wurden.

103 *schwebten sie durch den Raum* gemeint ist die französische Wendung *un ange passe.*

126 *David, wenn er vor Saul spielte …* »Der Geist des Herrn war von Saul gewichen; jetzt quälte ihn ein böser Geist, der vom Herrn kam. Da sagten die Diener Sauls zu ihm: Du siehst, ein böser Geist Gottes quält dich. Darum möge unser Herr seinen Knechten … befehlen, einen Mann zu suchen, der die Zither zu spielen versteht. Sobald dich der böse Geist Gottes überfällt, soll er auf der Zither spielen; dann wird es dir wieder gutgehen … Sooft nun ein Geist Gottes Saul überfiel, nahm David die Zither und spielte darauf. Dann fühlte sich Saul erleichtert, es ging ihm wieder gut, und der böse Geist wich von ihm.« 1Samuel 16, 14-23.

HENRY JAMES, DAS GEHEIMNIS VON BLY

Henry James wurde 1843 in einer großbürgerlichen New Yorker Familie geboren. Von seinem Vater als Weltbürger erzogen, pendelte er viele Jahre zwischen Europa und den USA, bevor er sich 1876 endgültig in England niederließ. Zu seinen Freunden zählten bedeutende Literaten wie Ivan Turgenjew, Gustave Flaubert, Guy de Maupassant und Alphonse Daudet. Er starb 1916 in London.

Henry James gilt als der wichtigste Neuerer der Erzählkunst im Übergang zur Literatur des 20. Jahrhunderts und zur Moderne; seine Erzählungen sind Meisterwerke des psychologischen Realismus.

Thriller, Horrorgeschichte, Psychogramm: In seiner bekanntesten Novelle *The Turn of the Screw – Das Geheimnis von Bly* verknüpft Henry James meisterhaft Wirklichkeit und Phantasie, gewährt tiefe Einblicke in die Abgründe der menschlichen Existenz und spielt virtuos mit der bangen Erwartung seiner Leser. Die psychologische Raffinesse, mit der er die Deutung der Ereignisse in der Schwebe hält, das namenlose Grauen beim Eintritt des Irrationalen in die scheinbar heile Welt machen diese Erzählung zu einem der faszinierendsten und meistinterpretierten Texte der Weltliteratur. Henry James' sprachliche Meisterschaft erreicht hier ihren Höhepunkt.

Henry James · Daisy Miller
Erzählung
Deutsch von Gottfried Röckelein
Leinen, 104 Seiten
ars vivendi Bibliothek Band 17

Daisy Miller weiß, was sie will, und geniert sich auch nicht, es zu tun. Mit ihrem naiv-aufreizenden Verhalten empört die amerikanische Lady zwar die besseren Kreise der Alten Welt, verdreht aber reihenweise den Männern den Kopf. In Rom schließlich wird ihr unschuldiges und unbeschwertes Dasein von den Schicksalsmächten Liebe und Tod bedroht.

Birgit Fromkorth (Hg.)
Die Frau hinter der gelben Tapete
Anthologie
Leinen, 236 Seiten
ars vivendi Bibliothek Band 11

Namhafte angloamerikanische Schriftstellerinnen – darunter Edith Wharton, Djuna Barnes, Katherine Mansfield und Kate Chopin – thematisieren in ihren Kurzgeschichten die verschiedenen weiblichen Lebensweisen in der Zeit zwischen Viktorianismus und Moderne und enthüllen mit großer Eindringlichkeit die Schattenseite des normalen Frauenalltags. Die Mehrzahl der hier versammelten Short stories erscheint in deutscher Erstübersetzung.

Lizenzausgabe für die Büchergilde Gutenberg
Frankfurt am Main, Wien und Zürich
mit freundlicher Genehmigung des ars vivendi verlags, Cadolzburg
Die Originalausgabe erschien 1898 in »Collier's Weekly«, New York.
Die Übersetzung folgt dem Text aus: Henry James *The Turn of the Screw*, New York Edition, Band 12, 1908.

Lektorat: Horst Lauinger
Gesetzt aus der ITC New Baskerville
Einband: Anja Harms, ANAKONDA ateliers, Oberursel
Druck und Bindung: Wiener Verlag, Himberg
Printed in Austria 2003
ISBN 3 7632 5368 8

www.buechergilde.de